王女の降嫁
～秘密の鳥と騎士団長～

Hana Saeki
さえき巴菜

Honey Novel

Illustration

氷堂れん

CONTENTS

序章　悲しみの中で

五年前の冬、フェインダース国の王都に蔓延《はびこ》った病は多くの人を苦しめた。

笑い声は消え、街はくすみ、すべてが翳《かげ》っていった。汚れた道には悲しみを積んだ荷車が連なり、ガタガタと鳴る車輪の音は何日も続いた。

やがて被害は王宮にも広がり、侍女、役人、騎士、貴族たちと身分を問わず罹《かか》り……ついには十四歳の第三王女アルシアも命を落としたのである。

王女のその死と前後して、病は終息した。

女神を祖に持つフェインダース王族は、人にはない特有の力を持っている。人々はアルシアが命と引き換えに病を収めたのだと、そう噂《うわさ》をして涙をこぼした。

暗い冬が去ると、王都は落ち着きを取り戻した——が、それでも例年のような春の華やかさはなく、王都を襲った悲しみがそこかしこに残されていた。

そんな中、日延べされていたアルシア王女の葬儀が、王宮の最奥、普段は禁足の最高神殿で執り行われた。

レオルディド・ロフルはこの葬儀に黒騎士団の代表として参列していた。

神殿は荘厳な悲しみに包まれていた。柱で仕切られた左右にある側廊では、それぞれ一列に並んだ神官たちが青みを帯びた影を落としている。彼らが歌う献唱は、冷たい床を這《は》う霧のように低く響いていた。

中央に並ぶベンチには、喪の色のドレス姿の貴婦人たち。そのすすり泣き。俯《うつむ》く貴族たちの横顔にかかる、帽子の縁に垂れ下がる喪章。

奥には石棺が置かれ、参列者の献花で周囲を埋められていた。石棺の蓋に彫られた可愛《かわい》らしい少女は、色とりどりの花の上で横になっているように見える。

レオルディドは胸を突かれた。

(アルシア殿下)

石棺の両脇に置かれたベンチに座る王と王妃は、顔を上げ毅然《きぜん》としていた。王子や王女たちもふたりを見倣っている。

石棺を挟んだ反対側には、前年、隣国に嫁いだ第一王女をはじめ、若いアルシーク公爵、そして王の伯父《おじ》として王族をまとめるロフル公爵もいた。

公爵はレオルディドに気づくと、眉をひそめた。

レオルディドは目礼して、公爵とその隣に座る貴婦人、薄い灰色のヴェールをつけた公爵夫人ウイユから慎重に視線を外した。

そのうちに順番が来て、永遠に十四歳のままの王女へ花を手向ける。

切り花の強い香りに包まれて祈りながら、不謹慎とは思いつつほっとした。これで帰れる
――黒い外套《がいとう》を手で押さえながら立ち上がったときだった。

きゃ、と幼い声の悲鳴に耳を叩《たた》かれた。

声があがったあたりに目をやれば、ベンチの端に座っていた王女のひとりが、斜めに傾《かし》ぐように倒れるところだった。

隣にいた幼い王女の「お姉ちゃま」という切迫した声に背を押され、レオルディドは反射的に距離を詰め、伸ばした片手で倒れかけていた王女の肩のあたりを押さえた。

若い王女、まして細い身体《からだ》にどのように触れていいのかわからなかったので、肩に当てた手も広げたままの不自然な体勢だったが、指一本でも支えられるほど軽かった。

「殿下」

人々が驚きに固まりシンと静まった中、そっと声をかける。

反応はなかった。

レオルディドは王女を見つめた。

髪の合間に覗《のぞ》く細く白い首。分厚い手のひらに感じる痩《や》せた肩。飾りひとつない黒いドレスの上に、解《ほぐ》れてしまった色淡い金色の髪がぱらぱらとかかっている。

「……殿下？」

もう一度、呼びかけると、王女はふと顔を上げた。

「だいじょうぶです」

薄い色の唇を小さく動かし吐息のように言う。

乱れた金髪に縁取られた青白いその顔は、石棺の蓋に刻まれたアルシア王女と同じものだった。石像と異なるのは彼女が微笑《ほほえ》んでいないこと、不吉なほどに明るい青い目をしていること……それが、つ、と動いてレオルディドの灰色の目とぶつかる。

鼓動が二、三回、胸の骨を叩く間、ふたりは見つめ合った。

(エメリーヌ殿下だ)

亡くなったアルシアと双子の、第二王女エメリーヌ。

瞬《まばた》きもしない王女の姿に、レオルディドは背に冷たいものが走るのを感じた。

彼女の目は、まるで暗い夜、荒れ地に光っていた青い炎のようだった。あれは悪霊だと、育ててくれた神官が教えてくれたのを思い出す。

(この王女も悪霊になってしまう)

レオルディドは気づくと声を出していた。

「悲しみが癒《い》えられる日を祈っております、殿下」

「え……？」

王女は長い睫毛《まつげ》をふるわせ、ゆっくりと瞬いた。

「……ありがとう、でも、だいじょうぶです。わたくしだけがつらいわけではありませんから。残されたわたくしは王女として、一日もはやく人の助けになれるよう努めます。アルシアのぶんまで」

用意され、何度も繰り返してきたような返事と声だった。

実際、様子にも熱は感じられない。ひそめられた細い眉の下、涙がそのまま凍りついたような目。怖いほどに美しいその目——そこにあるのは凝《こご》った悲しみだけだというのに……。

「……っ」

恐怖に似た感情が背を駆け抜け、レオルディドはかすかにふるえた。

エメリーヌは女神の力をアルシアと共有していたと聞く。そのつながりまで断ち切られ、どれほどつらいだろう。悲しく、苦しいはずだ。それを押し殺している。

王女として？　——そんな理由で表情も変えずにいる彼女が哀れだった。

(このまま本人ごと砕けてしまうのではないか)

「殿下、悲しみは比べるものではないと思います」

ざわつきはじめた周囲を憚《はばか》って急いで言うと、身体を起こしベンチに座り直そうとしていたエメリーヌの動きが止まった。

「比べる……？」

初めて認識したように青い目を見開き、レオルディドの顔を凝視する。

「どういうことですか？」

「殿下の悲しみは殿下だけのものです。人は慰めるつもりで色々と言うでしょう。ですが、殿下のお心のままにされていいと思います。泣いてもいいと思います」

すばやく言われた言葉を染みわたらせるように、王女は瞬いた。

「わたくしは……」

「はい」

「……泣きたいの、でしょうか……」

「殿下は？　殿下のお心は？」

「わたくし……？」

王女の表情がさらに変化した。戸惑うように揺れていた青い目が潤んでいく。唇がふるえている。内に押し込めていた悲しみがあふれだそうとしている。

「……泣きたい、よう……です……」

「はい」

「叫んで、泣きたいのです……っ」

「殿下」

レオルディドは胸の奥がギュッと引き絞られるような、奇妙な感覚を覚えた。

「撓《たわ》めようとされず、お心のままに。そしていつか笑ってください。殿下の笑顔に多くの者

が励まされるでしょう」

そう声をかけると、王女は顔をくしゃりと歪《ゆが》めた。潤んだ青い目から涙があふれ、こぼれていく。次から次へと。

そして引きつったような呼吸を漏らして身体をふるわせ、顔を覆った。

うああ、とくぐもった声が漏れる。アルシア、と。アルシア、アルシア……。

ふたりのやりとりを黙認していた王族たちも、ついに狼狽《うろた》えた様子で立ち上がった。王妃がエメリーヌの名を呼ぶが、泣き声に消されてしまう。

「お姉ちゃま」

そこにぐずるような鼻声が混じった。エメリーヌの隣に座っていた幼い王女が、つられたように激しく泣きだしたのだ。

悲痛な声は、時が止まっていたような神殿に響いた。

神殿に務める女官たちが慌ただしく駆けてくる。神官服の長い袂《たもと》を揺らし、彼女らの腕が伸ばされた。

「殿下をこちらに」

咎《とが》めるように言われ、レオルディドは身体ごと手を引いた。女官たちはエメリーヌをつかんで立たせ、隠すようにさっと囲んで連れていった。

細い姿はあっという間に見えなくなる。

レオルディドは外套の下でこぶしを握った。剣を振ることしか知らない武骨な手だったが、そこからなにか温かく貴重なものが奪われた気がした。

だが、これでいいのだと思い直す。荒れた自分の手でできることなど、剣を振るうくらいのものなのだ。

エメリーヌ王女の悲しみが少しでもはやく癒えることを祈り、静かに立ち上がった。


――五年後。

ラーツ戦争で武勲を挙げ黒騎士団の団長位に就いたレオルディドは、王女エメリーヌとの結婚を命じられ王宮にいた。

一章　見つめていました

1

鋲《びょう》を打った武骨な長靴《ブーツ》の踵《かかと》は踏みしめられた土をえぐり、ザッと音をたてる。

ところどころに装飾レンガを敷いただけの小道は蛇行していて、少々きつい坂路になっていた。だが両側に背の高い樹木が立ち並び、枝葉の重なり合う樹冠部からは陽光がこぼれ、心地よい緑陰に包まれている。

ほかに行き交う姿はなかった。このあたりは王族たちの生活の場である二段宮《ドュジエム》に近く、外はもちろん、三段宮《トルワジエム》からでも入れる者は限られている。

その中、ひとり黙然と進むレオルディドの横顔はしかめられていた。

もともと剣呑《けんのん》な印象を与える強面《こわもて》ではあった。短い黒髪の下、彫りが深く影になった目元、少し曲がった高い鼻。額から頬、顎までごつごつとした荒い輪郭だ。

日に焼けた肌は浅黒く、長身。精悍《せいかん》さが全身から放たれているその身体には、左右についた銀製の徽章《きしょう》で留《と》められた黒い外套と、実用性を重視した簡素な黒の騎士服をまとい、腰にはこれも実用性のみ追求したような大剣を佩《は》いている。

足の長さに比して大股に歩き進めるうち、前方の木々が途切れてきた。

レオルディドが目を上げるのと、視線の先の光の中に影が差したのは同時だった。

「遅かったな、レオルディド・ロフル」

影は手を上げ、朗らかに言った。

出口でレオルディドを迎えたのは、金褐色の髪を日射《ひざ》しに輝かせた細身の青年だった。

濃灰色の装飾外套の下には金糸が彩る胴着といった、王宮にふさわしい華麗な装いだ。胸元には大ぶりの金鎖、幅広の帯に縫い込まれた宝石がちらちらと瞬き、脚衣と膝上まである長靴は黒。

彼は装飾外套の裾を揺らして腕を組みながら、隣で足を止めたレオルディドを見た。灰色がかった暗い青の目が、可笑《おか》しそうに細められる。

「どこかに寄ってきたのか？」

レオルディドはちらっと下方に目をやった。

「騎士団総本部には行ってきた」

「わたしが言うのはそこ以外だよ、黒騎士団団長どの？　何度もここに来ているのだから馴《な》染《じ》みの場所もあるだろう？」

「冗談はやめろ」

レオルディドは、王宮をありふれた街のように語る青年を睨《にら》んだ。

たしかに年に数度はここに来ていた。そのことは苦痛ではない。黒騎士団の団長として訪れ、報告や会議に出るのは大切な仕事だからだ。

顔をつき合わせて真意を量り、直接、互いの考えを擦り合わせる意義は大きい。なぜなら国の防衛に間違いは許されないからだ。早馬、通信使など駆使しても、人伝《ひとづ》てにすれば時間がかかるだけではなく、どこかで齟齬《そご》が生じる。

だが、東方面の辺境ラーツに面し国境を守る黒騎士団を率いるレオルディドは、団長職以外の余分な事由で王宮にとどまったことはない。

「俺がほかに行くところなどないと知っているはずだ」

「そう言うな」

青年はレオルディドの不機嫌をよそに、楽しげに笑う。

「おまえも気ままに振る舞えばいいのさ。あちこちで歓迎されるぞ、とくに貴婦人方には」

「アルシーク公爵シリル・ソーヴ」

眉間のしわをさらに深め、レオルディドは声を低くした。

「本気で言っているなら、今後のつき合いは考えさせてもらうぞ」

雷雲を思わせる迫力の前に縮み上がりそうなものだが、シリルと呼ばれた青年は優しげな形の唇に笑みを浮かべるだけだった。

彼は身体を揺するようにして向きを変え、庭園へと歩きだす。

「どちらにしても声をひそめることを覚えるといい。ここは辺境とは違うぞ」

「わかっている」

シリルの後ろをついて歩きだしたレオルディドは、苛立《いらだ》つ気持ちから目を逸《そ》らすため、息をついてあたりを見回した。

フェインダースの王宮は、市街地を見下ろす丘に建てられている。

丘の斜面に上から下へと並べられた白い建物群は、巨大な階段を模していた。王家の祖でもある女神が、天界からふたたび地上に降りるときに使うため作られたもので、実際、階段王宮とも呼ばれている。

一番高い位置にある建物が最高神殿、そして二段、三段……と続く。

レオルディドたちがいる庭園は二段宮に付属するもので、余人の出入りはない。そのため外交用に取り澄ました感じは少なく、適度に自然の奔放さが残されていた。

赤みの強いレンガを敷き詰めた歩道は曲がりくねり、高低の違いで奥行きを出すよう植えられた木々。あちこちにある生け垣は色とりどりの花であふれ、噴水なのか近くで水音も聞こえる。

「いい庭だな」

「ここで陛下は顔を合わせるおつもりだ。さりげなくな」

鮮やかな黄色の花をつけた生け垣に添って進むシリルは、片手をひらりと振った。

「面倒なのはわかっている。だが陛下も親として心配なのだろう」

レオルディドは頷《うなず》いた。しかし先を歩くシリルには見えないと気づいて「そうだな」と声に出して答えた。

途端、胸中にまた苛立ちが生じた。

(顔を合わせる? 心配? 一方的に王女を押しつけておいて、いまさら?)

十日前、王女との結婚を命じられた。

黒騎士団の団領の中心、黒牙城砦《こくがじょうさい》にまで足を運んでそれを伝えたのは、いま目の前を歩いているシリルだった。

ラーツ戦争で肩を並べて戦ったときから、ふたりは友人になった。その関係を恃《たの》んでの使者だったのか、訪れたシリルはフェインダース王から伝言を託されていた。

真意を量るのが困難な微笑を浮かべ、彼は開口一番、祝福した。

――おめでとう、友よ。王女が妻になるぞ。

王女の降嫁は名誉であり、権力への道が敷かれたことを意味する。

だがレオルディドは王宮とは疎遠で、とくに宮廷政治に関わったこともないし、これからも関わりたいとは思っていない。

むしろ遠ざかりたい。

そんな男が相手では、降嫁を命じられた王女にも迷惑だろう――と思ったところで、淡い影が脳裏を過《よ》ぎった。

王女エメリーヌ。

「……」

レオルディドは眉根を寄せた。彼女を思いだすと、いつもなにかに躓《つまず》いたようにギクリとして、胸の奥が締めつけられるのだ。

しかしレオルディドは身体についたいくつもの傷と同じように、痛みから目を逸らした。

なんでもないことだ。

(そうだ)

そもそも王命による結婚だ。こちらは断れない。だからここまで来た。

直接会い、気に入られなければまた辺境に追い払われるだけだろう。

(それでいい)

辺境の、率直で素朴なところは自分の性に合っている。

それに結婚となったところで、王女はここに残るのだから。

黒騎士団の団領には、黒牙城砦を中心にした大きな都市もある。だが結局は国防の最前線で、生産性も社交もない、褐色の土と強風だけの地の果てだ。

そんなところに高位の女性が移るはずもない。移った例もない。たいていは王宮に残るか、王都に屋敷を借りて過ごす。

そうした慣例があるからこそ、黒騎士団の団長である自分が相手に選ばれたのだろうと、それを理解できないほど愚鈍ではなかった。

(名ばかりの……俺など)

「この先だ」

友人の煩悶《はんもん》をよそに前を歩いていたシリルが足を止め、肩の線の高さまである生け垣の向こう、円形に開けた場所を示した。

レオルディドは気持ちを切り替え、友人の指の先を見た。庭園の中心なのだろう、開けた場所に設置されたのは背の高い噴水で、さらさらと流水音を響かせている。

噴水は階段をモチーフにしたものだった。中央の柱をくるりと巡る螺旋《らせん》階段になっている。上から下へと段々になった受け皿に水が移っていく仕掛けだ。

しかし受け皿のひとつがずれているのか、途中、半端に水がこぼれていた。それが気に食わないというように眉をひそめ、シリルは言った。

「わたしたちが偶然、陛下たちと出くわす場所というわけだ」

「そうか」

レオルディドは鋭く目を細めてあたりを見回した。

「俺たちは話しながらここまで来てしまった。そこに陛下が登場され声をかけられる、という流れか」

「そうだ」

「おかしなことだな。だれの目もない王族用の庭園であるのに、建前が必要とされる」

「建前。見栄。陛下はとくにそういうのが大好きなのさ」

自身の叔父《おじ》でもある王を端的に評し、シリルは薄く笑った。

「つき合ってやれ」

「俺は臣下だ、是非もない。だがおまえは陛下の甥《おい》、王族だというのに」

「おまえもな」

「俺は」

「黒騎士団の団長だ、レオルディド。それにラーツ戦争でフェインダースを勝利に導いた英雄だ」

レオルディドに最後まで言わせず、シリルは朗らかに遮った。

「どちらにしても長い時間ではないだろう。我慢しろよ、団長閣下」

「わかっている」

「わかっているという顔ではないが……おまえ、このくらいで嫌がっていたらこの先どうする？　今後はもっと色々あるぞ、王女との結婚までな」

レオルディドは短くため息を落とし、友人を見た。

「援護してくれるんだろうな、アルシーク公爵？」

「ラーツのときのように背後は守ってやるよ、こうしてな」

シリルは容貌にそぐわない骨の太い男性的な手を上げて振った。すると指先から金色の光が火花のように生じ、雷のようなきらめく線となって噴水まで伸びていく。

パンッと弾《はじ》ける音がしてずれていた受け皿の角度が変わり、大きな水音がたった。ほどなく、噴水に設計者の意図した水の流れが戻った。

「気になっていたんだ」

シリルは片手を宙でひらひらさせて笑った。水を受ける皿は重く硬いはずだ。それを離れた位置から一瞬で戻す力――そう、ラーツで何度も見たのと同じ強い力だ。

極小の雷のような、あるいは放たれる矢にも似た力。

特別な血がもたらす女神の力。

(俺にはない力)

「安心して背を預けられる」

レオルディドは片手を上げ、さりげなく表情を隠した。

「おい、戦いに行くわけではないぞ」

呆《あき》れたように顔をしかめたシリルだったが、すぐに苦笑を浮かべた。

「もっと気楽に構えろ。わが従姉妹《いとこ》ながら、エメリーヌ殿下はお美しいよ」

レオルディドはそれには答えず、唇を引き結んだ。

(どれほど美しくても俺には関係ない)

そう思いながらも頭の片隅にまた淡い影が浮かんで、ギクッとする。

しかも今度は、よりはっきりと脳裏で輪郭を取っていった。脆《もろ》いガラス細工のような小さな顔。輝く金髪に縁取られた白い肌――エメリーヌ王女。

彼女とは五年前、一度だけ顔を合わせている。

思いだせばたしかに美しかった。ただし青白くて表情のない、作り物のような……。

(悲しい美しさだった)

バサ、と軽い音が耳を打ち、レオルディドの脳裏から王女の面影を消し去った。

なんだ？――敵を前にした指揮官のように鋭く探るその目の端を、ふわりと柔らかな影が過ぎっていく。

慎重に視線で追うと、それは少し離れた位置に立つ常緑樹、葉陰の濃い高い位置の枝に、白く輝くような羽をたたんでとまった。

レオルディドは目を輝かせた。鳥だ。白い鳥。美しい鳥。

葉陰に潜んでいてもわかる秀麗さだった。頭部はふんわりとした泡のよう。ほっそりとした胴に、長い尾羽。体長より長いそれが、ひら、ひら、とかすかに揺れている。

「レオルディド？」

「しっ」

黙れ、と仕草で指示したレオルディドは、友人をじろりと睨んだ。

「綺麗《きれい》な鳥がいるんだ」

「鳥？　ああ、なんだ、あれか？　スタリー鳥だろう？」

「知っているのか？」

「知らないおまえにむしろ驚くが……」

「スタリー鳥の名前は知っている。天界の鳥の子孫だ」

「そうだよ、それがあの鳥だ。おまえの城砦にも神殿くらいあるだろう？　女神と一緒に描かれているのを見ているはずだ。そんなことではバートル分神殿長が泣くぞ？」

「……」

「まあ、たまには神殿に行けよ。あと、あれは女神の使いだからな、綺麗なだけじゃない。近づくなよ。二段宮あたりだとよく見かけるから気をつけろ」

「そうか、また見られるのか」

目を細めるレオルディドの様子に呆《あき》れながら、その視線を追ってもう一度、枝にとまったままのスタリー鳥に目をやったシリルは、ん、と唸《うな》って首を傾げた。

「……これはこれは」

そして低く笑いながら、立てた人差し指を振る。パチ、と弾けた音に続いて、細い金色の筋が宙を走る。

「戻りなさい、殿下。その姿で長くいることは感心しません」
ピ、と小さな鳴き声を響かせたスタリー鳥は揺れた枝から飛び立ち、あっという間にいなくなってしまった。
「シリル・ソーヴ！　鳥は悪さをしていないぞ！」

レオルディドは声を荒らげた。

しかし王甥《おうおい》の若き公爵は、華やかな外見にふさわしい洒脱な仕草で肩を竦《すく》めた。

「いやいや楽しくなってきたよ、レオルディド」

「あんな小さな美しい生き物をいじめて、楽しいなどあるか！」

「小さな美しい生き物、か。なるほど、殿下もそうだな」

「殿下？　鳥の話だろう？」

「殿下だよ」

鳥が飛んでいった方角を指差し、シリルはもう一度、肩を竦めた。

「あそこにいたスタリー鳥の中身の話さ」

「中身？　殿下？」

「そうだ。鳥の中にはエメリーヌ王女殿下がいた」

「で、殿下が？」

レオルディドは口を開けたまま絶句した。

「あの鳥が殿下だと？　そう言ったのか？」

「そうだ。女神の力だな。鳥の目でおまえを見に来たのかな」

明確に答える友人の顔と空とを交互に見つめ、レオルディドは呟《つぶや》いた。

「では……俺が結婚するのは、鳥なのか……？」

2

（見つかりました）

エメリーヌ・フェインダースは窓辺の椅子から立ち上がった。

午後の日射しが縦に細長い窓から惜しげもなく注ぎ込み、その下にいるほっそりとした王女をきらめかせている。

ゆるく結い上げた金色の髪。残りは腰まで長く垂らし、ところどころに黄水晶でできた小さな花型の髪飾りを留めている。光沢のある濃青色のドレスは、きゅっと絞った胴着に銀花の刺繍《ししゅう》を散らし、腰からふわりと広がるスカート全体を繊細なレースが覆う。

白いふくらみが覗く胸元には連ねた真珠。肩口からふくらんで肘まで包む袖の先は、あふれでる水のようなレース。指には髪飾りと同じ黄水晶の指輪が光る。

そんな美しい装いに似つかわしくなく、エメリーヌは悲しげに眉をひそめた。

(シリル、ひどいわ)

アルシーク公爵シリル・ソーヴ。エメリーヌの従兄弟《いとこ》に当たる彼がレオルディド・ロフルの友人だと知ってはいたが、まさかこんなところまで一緒にやってくるほどとは思わなかった。

王族同士、互いに親しくみせているが、実際にはそうではない。彼らの関係もそうだろうと勝手に思い込んでいたのだ。

(それにしても、なにをお話しされていたのかしら)

声までは聞こえなかったが、気負いなく話すレオルディドの横顔はとても素敵だった。覚えていた姿よりずっと大人で、ずっと素敵だった。ずっと。

(ずっと! ええ、ずっと男らしくて)

エメリーヌは懸念を忘れ、胸元で両手を組んで感嘆する。

(笑っていたわ……笑って……いた? かしら? ……たぶん)

笑っていた気がする。

そうであったら嬉《うれ》しい。

だがたとえ笑顔がなかったとしても、黒騎士団の団長にふさわしい黒装束をまとった姿は胸を高鳴らせるのに十分だった。

がっしりとして背が高い、姿勢のよい男。黒い外套を留める銀色の徽章と、同じ銀色に光を弾いていた剣。黒髪を短くしていて、耳や頬の硬い線を惜しみなく晒《さら》していた。

あれは罪なのではないか？　美しすぎる。

険しい目元も、高い鼻も、引き結んだ唇も。

(あの喉元とか……)

くっきりと突起の見える太い首、広く厚い肩、胸元。そして腰、足……。

「……」

思考がはしたない方向に進んでいったので、咳払《せきばら》いをして自重する。

だが仕方ない。今日は――とくに今日は、妄想が坂道を転げ落ちるように暴走してしまったとしても、それはレオルディドのせいなのだ。

(ずっとお慕いしていたのだもの)

十四歳で初めて会ったあのとき。

双子の妹アルシアの葬儀だった。暗い水の中を深く、より深くと引きずり込まれていくようだったあのとき――あの絶望の中から引き上げてくれたのがレオルディドだった。

当時、エメリーヌは人形のようにほとんど感情を表すことができずにいた。

つらかった。二度と会えない。二度と、アルシアに。

泣きたかった。泣いて、泣いて、声も意識も失《な》くすまで叫んでいたかった。

けれど周囲は許さなかった。あなただけじゃない。しっかりしなさい。みんながつらいのよ、王女らしく毅然としていなさい……。

レオルディドだけが、悲しみは比べるものではないと言ってくれた。

泣いていいのだと。

そしていつか笑ってください、と。

虚《うつ》ろな心に彼の言葉は響いた。心にえぐられた悲しみの穴の、その深さを示すようにいつまでも響き――やがて、音の種類が変わった。

また会いたい、と思った。

彼の灰色の目が見たい。見つめられたい。

顔を合わせ、目を合わせ。声が聴きたい。話したい。

もう一度彼に会えますようにと、どれだけ祈ったことだろう。アルシアの葬儀の後、ほどなくはじまったラーツ戦争――レオルディドが戦っている辺境の地に続く空を見上げ、いっそ飛んでいきたいと願って。

だが願うばかりでは手に入らない。エメリーヌは知恵を借り、自分も努力した。

そして今日を迎えた。

（わたくしでいいと言ってくれるかしら？）

王宮に来てくれたのなら手応《てごた》えとしては悪くないはずだ。

ふふ、と声が漏れてしまう。

「殿下、失礼いたします」

「ふふ……」

「殿下？」

「はい!?」

エメリーヌはビクッとしながら振り返った。

半円になった窓辺の入り口に、侍女のお仕着せである簡素な青のドレスをまとったオレリアがいた。王女付きを示す濃紅色の飾り帯を腰できっちり結び、端を長く垂らしている。

エメリーヌは身体ごと向き直り、曖昧に笑った。

「まあ、オレリア。驚いたわ」

「いつものお考えごとですか、殿下？」

オレリアは結い上げた褐色の髪を手で撫でつけながら、ため息をついた。

「お支度は済まされているので、本日はしっかりなさってくださいませ」

「わ、わかっています」

エメリーヌが幼いころからそばについていたオレリアは、歳《とし》は離れていたが気心知れた友人でもある。優れた教師でもあって、たくさんのことを教えてくれた。そのぶん、物言いには遠慮がない。

エメリーヌは言いわけを探してそわそわする子供のように、青い目を逸らしてあらぬ方角を見つめた。

「でも、ちょっと、その、ね」

「殿下」

「はい」

「ご自重くださいますように」

「だ、だいじょうぶよ、オレリア。あの子たちも上に戻ったし……飛ばないわ、しばらくは」

「——飛ぶ？」

日射しの外、部屋の隅から鋭い声があがった。

カッカッとはやい足音と衣擦《きぬず》れの音、そして甘い香りが圧を伴って押し寄せてくる。

エメリーヌの前で足を止めた貴婦人は、長身で堂々としていた。たっぷりと布を取ったドレスは明るい緑色で、金銀の糸で全体に大きな薔薇《ばら》が刺繍されている。胸元を飾る宝石は巨大なエメラルド、金の髪をまとめるのも同じ宝石。

「ロザンナお姉様……」

エメリーヌはぎこちなく膝を折って会釈した。

フェインダースの第一王女であったロザンナは南の大国ヴィエントに輿入《こしい》れし、彼《か》の国の王太子妃になっている。いまは姉妹とはいえ礼を尽くさなくてはいけない関係なのだが、ロザンナはそれをどうでもいいとばかり鼻を鳴らした。

「十九にもなってまだぼんやりしているのね、エメリーヌ。恥ずかしい。お父様たちがいけないのですよ、可哀想《かわいそう》だと甘やかして」

「でも、お姉様」

「言いわけは結構です。いい加減になさいな。あなただけではないのです。わたくしだって悲しいのですよ、五年経《た》ったいまでも」

「……」

「それでもいつまでも座り込んでいるなど、アルシアにとってもよくないことです。あの子の魂を自由にしてあげなさい。それを弁《わきま》え、スタリー島に入るのもおやめなさい」

ロザンナは妹と同じ明るい青い目を細め、不備を探すようにエメリーヌを上から下まで見た。

「色々と言いたいことはありますが……ともかく今回のことは前進ですよ、エメリーヌ」

「は、はい」

「今回の話を耳にしたとき、わたくしも一助になればとそれこそ飛んできたのです。あなたと違い自分の足でね。間に合ってよかったわ」

「ありがとうございます、お姉様。お立場もある上、お忙しいのに……」

「妹のためです、生まれた国のためです」

「ありがとうございます……」

「それにしてもお父様たちは結局、ロフル公爵にお話を通したのね。レオルディドね……まあ、騎士団の団長が相手なら結婚後もここにいられますし……」

レオルディドの父は、エメリーヌの大伯父に当たるロフル公爵だ。つまりレオルディドは現在の王の従兄弟という王族になる。

しかし彼は少年のうちに黒騎士団に入団し、公爵位の継承権を放棄している。

当然、王宮にはほとんど顔を出すことはなく、社交に至っては皆無だった。

煙たがられているわけではない。ラーツ戦争で示したように最前線に立ち、国を守りきったレオルディドは、身分を問わず国中から頼られ尊敬されている。

そのようなことは承知だろうが、どこか不満を残した姉の様子に、エメリーヌは喉を絞められる気がした。

(名前など関係ないのに)

「……お姉様、わたくし、自分で願いでたのです」

「願いでた？」

これは初耳だったのか、ロザンナの青い目が見開かれた。

「はい、そうです」

姉の頭の内側でなんらかの考えがまとまる前に、エメリーヌは慌てて話を継いだ。

「お姉様も黒騎士団の重要性はご承知でしょう？　隣国カルディアは常に我が国の脅威です。十分な力を蓄え、備えておかなければなりません。ですが黒騎士を率いる団長は、公爵家の生まれながら王族から外れ、王宮とも疎遠。耳障りな憶測を口にする者さえおります。微力ではありますが、わたくしが王宮との間に架けられるものがあるかと……力を尽くせるのではと、そう思っております」

「エメリーヌ、まあ……！　立派なことですよ！」

ロザンナは感嘆した。

「そんなことを考えていたなんて、お父様たちも驚いたでしょうね」

「お父様――いえ、陛下は、それならば話を進めてみようと団長を王宮に招いてくださったのです。団長にこの話を了承していただけるよう、わたくしはさらに努力いたします」

ロザンナは妹の言葉を噛《か》み締めるように何度も小さく頷き、やがて、指先でそっと目元をぬぐった。

「立派なことです。困った妹としか思っていなかったのに、こんなにも成長されていたとは」

「……」

(言えません)

エメリーヌは微笑んだまま、姉からそっと目を外した。

(どうしたら結婚できるか考え、オレリアを相手に練習してきた説明だなんて)

オレリアは部屋の隅に控えていた。エメリーヌが目を合わせると、知恵を貸してくれた有能な侍女は「よくできました」と褒めるように重々しく頷いた。

「さ、では参りましょうか」

妹の胸中を知らず、ロザンナはくるりと優雅に踵《きびす》を返して促した。

え！　とエメリーヌはその背に驚きをぶつける。

「お姉様もいらっしゃいますの？」

「もちろんよ！」

姉は鼻息荒く振り返った。

「あなたとお父様たちだけでは心配です。いまのお話を伺い、ますます心配になりました！お母様は眉をひそめていらしたけど、わたくしは賛成よ。あなたがそこまで思っていたことに感動もしました。なにがなんでも結婚してもらいます」

「は、はい」

迫力に怯《ひる》みつつも、エメリーヌはそそくさと横に並んだ。

ロザンナはそんな妹の腕をつかむと、袖の飾りをきらめかせて手を滑らせてきた。枷《かせ》のようにがっちりと、組んだ腕を固められる。

「あなたが大人になってくれて嬉しいわ。ねえ、エメリーヌ？」

「お、お姉様？」

「今後、スタリー鳥に入ることは許しませんからね」

「え？　まあ……う、うふふ……」

だいじょうぶです、とすぐに答えられず、エメリーヌはとりあえず笑った。

3

レオルディドは幼いころ黒騎士団に入団し、騎士となるべく邁進《まいしん》した。

叙任した後も前だけを見つめ黙々と進んできたのである。

そして数年前、カルディアとの間で勃発したラーツ戦争で活躍し、当の敵国から黒い悪魔と畏怖された。

戦後は黒騎士団の団長になった。

黒騎士団は国が抱える国防の要のひとつでもある。団長は高位の貴族が務めるという慣例はあったが、レオルディドの就任には黒騎士団所属の騎士たちの声が後押しにもなった。

そうした騎士たちの期待に応《こた》える団長は、王都と距離を置いていた。なので……。

「おお、レオルディドではないか」

庭園に多くの随員とともに現れた国王に親しげに声をかけられ、焦ってしまう。

これまで王と顔を合わせたことがなかったわけではない。だが、常に多数の臣下が見守る中でのこと。国王であり黒騎士団の団長としての立場、主従の関係を逸脱するものではなかったのだ。

レオルディドは困惑したままぎくしゃくと片膝をついて、陛下、ともごもご答えた。

(どう切りだしたらいいんだ?)

沈黙の中さらさらと絶え間なく聞こえる流水音のせいか、首筋あたりがヒヤリとしてくる。

なぜこんなことで悩まなければならない、と若干の怒りとともに落とした視線に、ジリと背を焼く日射しが作る自身の影が映った。

美しい庭にそぐわない、不格好なまでに大きく濃い影。

(ここにいていいのか、俺は)

「陛下、ご無沙汰しております」

レオルディドの怒り混じりの複雑な気持ちは、隣で同じように膝をついたシリルの声で吹き消された。

「拝謁できましたことは光栄ですが、散策のお邪魔をしてしまいましたか?」

「なに、なに。ここでおまえたちに会えたことは、余も嬉しい」

甥の言葉に救われたように、王もまた明るい声で応じた。

「立ってくれ、ふたりとも。顔を見せてくれ……おお」

言葉通りにすると、王と王妃、そして周囲を固める人々から息を飲む気配がした。

レオルディドとシリルは外見や装いは対照的だったが、ふたりともにラーツ戦争で国を守った英雄として知られている。とくにレオルディドは剣で国を守った騎士であり、その印象を違《たが》えない堂々たる体軀《たいく》をしていた。

「ふたりとも、まあ、お久しぶりで……よく来てくださったこと」

「ほんとうだな、王妃。なんとも嬉しい限りだ。少し話したいものだな」

ようやく相好を崩した王はそわそわとあたりに目をやった。

王と王妃を取り巻くのは、お仕着せをまとった侍従と女官たちだ。十人ほどが窮屈そうに固まっている。王妃は頭を反らせてレオルディドを見ていたが、夫の言葉に応えてサッと手を振り、彼らを下がらせた。

すると、空いた場所を埋めるように横合いからふたりの貴婦人が現れた。庭園を彩る花にも似た鮮やかなドレスが揺れ、笑うような衣擦れの音をたてる。

どちらの女性も淡い色合いの金髪をしていた。枝葉を透かしまだらに落ちる日射しがその上できらめき、まばゆいほどだ。

レオルディドは、貴婦人のひとりが南の隣国ヴィエントに嫁いだロザンナ王女だとわかった。目にした五年前、二十二歳のころと姿はほとんど変わっていない。

だが、もうひとりは――。

「ちょうど娘たちと庭を楽しんでいてね」

ははは、と平たい声で笑い、王は背後を示した。

「五年ぶりか？　懐かしいだろう？　挨拶してはどうかな、エメリーヌ？」

王と王妃はさりげなく左右にわかれた。ロザンナ王女が組んでいた腕を解いて、空いた場所に妹を押しだす。

レオルディドは、つんのめるようにして前に出てきた王女を見下ろした。

彼女はきらめく金髪を傾け、挨拶した。

「エメリーヌ・フェインダースです」

高すぎず、柔らかな声音。ちゃんと人の言葉だ。

(鳥じゃない)

それどころか美しい女性だった。

(シリルめ、戯言《ざれごと》ばかり。どこが鳥なんだ)

腹の中で悪態をつきながら、レオルディドは胸に手を当て頭を下げた。

「レオルディド・ロフルでございます、殿下。黒騎士団の団長を務めております」

「存じております」

彼女はすばやくそう言って、夏の空のように明るい青色の目を伏せてしまった。

ふんわりと結われた金色の頭頂部あたりを見下ろして、レオルディドは量るように目を細めた。王女は彼より頭ひとつ半、小さい。だが。

(大きくなられた)

率直に思い、それはそうだろうと胸中で苦笑する。

五年前、彼女は十四歳だった。双子の妹を失い、その葬儀というつらい状況だったせいもあり、小さく青白く、壊れやすい人形のように見えた。

いま目の前で手を組んで俯いている王女には、あのときのような、触れたとたんにカシャンとこまかく砕けてしまいそうな、そんな脆さはない。

レオルディドは安堵《あんど》した。彼女はすっかり元気になったのだと思い、上から下まで見つめた。そしてすぐ気づく。

大きくなり、元気にもなったのだろう。だが、なにより……。

(綺麗になられた)

白い額にふわりとかかる前髪、貝殻のような耳。髪より少し濃い色の細い眉、頬に淡い影を落とす睫毛。まっすぐな鼻梁《びりょう》の上に、薄くそばかすが散っている。

銀色の光沢のある青いドレスはしっかりと胴を締めたものだが、細すぎることはなかった。

垂らした髪につけた黄水晶の飾りが映える胸元も、柔らかく盛り上がっている。

ふわふわとした丸み——触れたら心地よさそうだ。

(触れたら?)

ハッとする。

結婚に当然ついてくる夫婦の営みは、あまり考えていなかった。

王族や貴族にとっての結婚は義務的な側面が強い。必要なのは領地や財産、身分のつり合い、両家の結びつき——その結果としての子だ。

しかしこの結婚は子を望まれてのことではない。

騎士団の団長としての地位は、いわば一代貴族と同じだった。世襲することもない。なにより結婚後、自分は辺境にある団領に戻るが王女はここに残る。

夫婦の行為はなくてもいいことだと思っていた。記憶していた王女は十四歳のほっそりとした悲しげな少女のままだったから、そうするべきだとさえ思っていた。

なのに……。

王女は十四歳の少女ではなく、瑞々しく美しい女性としてレオルディドの前に現れた。

(俺の、妻に……)

敵を前にしても揺るがない心臓が、キリッと痛む。

そんなことを考えるべきではない。

「殿下」

レオルディドは思いきって声をかけた。

エメリーヌだけでなく周囲までがハッと息を飲んだ。

レオルディドの険しい顔つきに全員が怯んでいたところだった。なにしろこの男は敵国から「黒い悪魔」と呼ばれている。友人であるはずのアルシーク公爵シリル・ソーヴは、口元に手を当ててふるえるばかりで役に立たない。

シンとする中、もう一度、殿下、と低い声が響いた。

「よろしければ移動しましょう」

レオルディドは庭園の奥に目をやった。

「ここは日射しもありますのであちらに、いや、ベンチでは虫が……殿下!?」

俯いていたエメリーヌが、そのまま傾いてきた。

突然、頭の重さに耐え兼ねたように、前のめりに。

王女を抱きとめたレオルディドは、胸元にすっぽりと収まる柔らかさと温かさにギョッとしつつ、力の抜けた身体を軽く揺すった。

「で、殿下？」

反応がない。気を失っている。

（なぜ急に？）

どこかお悪いのか？　恐怖を多大に含んだ驚きに、心臓が竦む。

レオルディドは力加減に注意しつつ、すばやくエメリーヌを抱き上げてまた驚いた。

(軽い。軽すぎる！)

こんな状況だというのに王女を抱いたまま硬直してしまう。

戦場や訓練場で意識を失った者を運んだことはある。比べるのが間違っているだろうが、彼らがごつごつした岩ならエメリーヌは羽のようだった。

「まったく、困ったこと……」

そのとき、レオルディドの耳に嘆息が届いた。

目の前に立ったロザンナ王女だった。彼女は背後の二段宮を示した。

「運んでください、団長」

「このまま？」

「ええ、心配いりません」

冷たい物言いに、頭の芯にガッと火がともる。

あなたの妹だろう、と責める言葉を飲み込んで目を向ければ、ロザンナだけではなく王妃にも焦っている様子はなかった。

彼らの顔にあるのは憤っているような、諦めているような、奇妙な色だけだ。

(なんということだ)

腕の中にある女性の軽さに憐憫《れんびん》を覚える。

――エメリーヌは不遇なのだ。

国防の要、黒騎士団の団長とはいえ、実際には辺境の騎士でしかないような自分を結婚相手にあてがわれたのも、王宮でのつらい立場のせいなのだろう。

（お可哀想に）

レオルディドは王女をしっかりと抱え直した。

その頭上を、淡い鳥影がかすめていく……。

二章　秘密の鳥

1

湾曲した空の下は風が強く、冷たい。

翼を傾け、頭を下げる。風がヒュンと切り裂く音をたて、長い尾羽が揺れるのが感覚でわかった。風を受け流し、すぐに木々の合間に入る。

すらりと背の高い木に張りだした枝には、仲間たちが休んでいた。

彼らの青い目に見送られて奥に向かう。

華奢《きゃしゃ》な銀色の飾りがついた柱が囲う中庭に、白い服をまとった小柄な神官が立っていた。彼は王宮にある最高神殿を預かる本神殿長だ。現在の王の大叔父《おおおじ》に当たる。

本神殿長は腕に鳥をとまらせていた。足元にも数羽、まるでつき添うようにいる。

仲間の鳥たちは、楽しい、楽しいと笑っていた。あなたも遊びに来たの？　と一羽が語りかけてくる。

その気配を感じたように、本神殿長も顔を上げた。こちらを見つめる彼の目は、夜空の灯火のように青く、すべてを暴くようにきらめいている。

「おや、これはこれは……」

金色の房飾りがついた帽子の下、深いしわが刻まれた顔がくしゃりと歪む。

「困ったことですな、おふたりとも」

(ごめんなさい、本神殿長様)

ひらりと旋回し、細い肩にとまって頭をこすりつけて謝る。

すると、乾いた笑い声とともに頭部を優しく叩かれた。

「はやく戻りなさい。黒騎士の団長が待っておられるのでは?」


「……っ」

暗色の幕が開くように、さっと意識が戻った。

眩《まぶ》しい。目をしばたたく。空じゃない。どこかの木の枝でも、仲間たちが迎えてくれる広々として居心地のよい住処《すみか》でもない。本神殿長もいない。

映るものが理解できず、いつのもののように一瞬、混乱した。

「殿下？　なにか？」

ぼんやりとしていた視界に、ふいに男が割り込んできた。

日に焼けた浅黒い顔だ。額にかかる黒髪の下、男らしい眉と、くっきりとした黒で縁取られた灰色の虹彩がきらめく鋭い目——というか、鋭すぎる。

「殿下？」

顔が少し離れた。エメリーヌは注意深く瞬いて、状況を把握した。座っている。背にいくつものクッションが当てられたベンチの上に。

(ここは……)

二段宮の中、庭園近くの小広間だと気づく。美しい薄青の壁と金色で彩られたその端、半円に張りだした窓辺にいるのだ。

背にした壁の高い位置にある窓からは、日射しが燦燦《さんさん》と降り注いでいる。その光の下、自分が座るベンチの前でレオルディド・ロフルが跪《ひざまず》き、眉根を寄せているのだ。

(こんな近くに)

「ご気分は？」

低い声でゆっくりと問われた。優しい声音を作ってくれたのだろう。だが慣れていないのか、思いがけずかすれたその声が、甘く耳朶《じだ》に触れていく。

痛いほど心臓がドキドキして、頬が熱くなってきた。

（ずっと見られていたのかしら……）

スタリー鳥に入っているとき、エメリーヌの身体は深い眠りについたように無防備になる。

髪に手を当てると、少し乱れているのがわかった。

恥ずかしさでますます顔が火照っていく。

「殿下？」

「へ、平気です、ありがとうございます」

ぎこちなく答えると、レオルディドは口元をほころばせた。頬から顎にかけてのごつごつした線が柔らかくなり、黒装束の恐ろしげな騎士の印象が少し変わる。

「こういったことはよくあるのですか？」

「こういったこと……」

問われたエメリーヌが顔を上げると、レオルディドの後ろ、軽く腕を組んで立っているシリル・ソーヴと目が合った。従兄弟は微笑んでいた。

しかしエメリーヌは愕然《がくぜん》とした。一気に血が冷えていく。

（あのときもシリルは一緒にいたわ）

そうだ、きっとシリルは彼に言ったはずだ。教えてしまったはずだ。

つまり、レオルディドの言う、こういったこととは――。

（鳥になること）

ザーッと耳鳴りがした。

服を脱ぎ捨てるように身体を置いて、鳥になって飛んでいく女をどう思っただろう？

(どう……思われたのかしら……)

キュッと縮んだ心臓が痛む。かすかにふるえながら、エメリーヌは唇を開いた。

「わたくし……」

「僭越《せんえつ》ながら、対処しなければと申し上げます。ご自身のためです」

「……え？」

懸念と裏腹に、レオルディドの声音に非難は感じられなかった。彼は険しい顔をしていたが、灰色の目には深い憂慮がある。

「このままでは危険です、殿下」

「団長……」

心配してくれているのだと気づいて、エメリーヌの心が温かくなった。

だがそれだけに気まずさに肌を引《ひ》っ掻《か》かれ、ピリピリと痛い。

(鳥になってはいけない)

「わたくし、あの、どうしようもなくて……」

跪いて見上げる格好になっているレオルディドの視線を避けて言う。

「……アルシアを失ってから、わたくし……」

「殿下」

男は身体を傾け、視界に割り込んできた。そしてきっぱりと言った。

「食事はきちんととらなくてはいけません」

（食事？）

耳を疑った。食事をするとスタリー島に入らなくなると聞いたことはないが、そうなのだろうか？　重みとかで？

「ど、どういうことでしょう？」

訊《たず》ねると、レオルディドは安心させるように頷いた。

「アルシア殿下へのお気持ちはわかります。しかしその上で言わせてください。殿下、肉も野菜も穀物も、なんでもしっかり食さなくてはなりません」

「なんでも……」

「はい。それに適切な運動も必要です。王宮は傾斜路が多い。あちこち歩くだけで負荷がかけられます。運動すれば腹も減ります。よく眠れますし、お勧めいたします。もちろん、医師の診断も大切です。なにかの病が隠れていることもある。しっかりと診《み》てもらうべきでしょう」

「……」

耳を傾けるうち、スタリー島に入ることを咎められているのではないと理解した。

レオルディドはただ心配してくれているのだ。突然、目の前で倒れた王女のことを。

(わたくしのことを)

「陛下たちは、よくあることだとおっしゃって引き上げられましたが……」

言いにくそうに、けれど怒りを言葉の端々に滲《にじ》ませてレオルディドは続ける。

「よくあるからと放置するのはよくないと思います。原因を把握し、最善のやり方でお身体を治さなければ……」

「——妹への助言に感謝いたしますわ」

レオルディドの言葉を大きな声で遮ったのは、窓辺の空間に入ってきたロザンナだった。そのまま恐ろしい速さで近づいてくる。

「団長、あなたの優しさに妹も感じ入ったことでしょうね」

「お姉様」

「黙っていらっしゃい、エメリーヌ。団長、いいですか、あなたが考えているような、そのようなことではないのです。わたくしたちには色々とありますでしょう?」

ロザンナの言葉は濁されていたが、レオルディドはハッとしたように瞬いた。奇妙な、表現しがたい色が過ぎった顔を、彼は慌てて伏せた。

「失礼いたしました」

「殿下、ロザンナ殿下」

肩を落とすようにして身を縮めたレオルディド、その背後に立っていたアルシーク公シリル・ソーヴが口を挟んだ。

「彼の心配もわかってやってください。目の前で倒れられては驚くし、普通は心配するでしょう。事情はなんであれ」

「わかっております」

「では」

「黙って、シリル。わたくしだって妹は可愛いのです。きちんと生活しろと、まるでそうしていないように言われたのでは、姉として黙っていられません。そもそも……そのようなことではないのですから」

同い歳の従兄弟に対し、率直な不満を声に乗せてロザンナは答えた。そしてエメリーヌの腕に手を置いて、妹の俯いた顔を覗き込んでくる。

「それにしても……まさかあの場で、ねえ？　エメリーヌ？」

「……」

「わたくしは言いましたよね……だめですよと？」

「まあまあ、ロザンナ殿下。仕方のないときもあるでしょう」

答えないエメリーヌに代わり、またシリルが穏やかに弁解した。そして空気を軋《きし》ませるロザンナの視線を受け流し、若い公爵は背後を示して微笑む。

「よろしければあちらでわたしとお話を」

「なんですって？　話を？　あなたと？」

「そうです。友人のレオルディドに、エメリーヌ殿下と話をする時間をもっと差し上げてください」

「そういうことですか」

少し考えてから、ロザンナは手を差しだした。シリルは恭しくその手を取って、白いもやに包まれたような窓辺の光の中から去っていった。

エメリーヌとレオルディドはふたりきりで残された。

シン、と落ちた沈黙の中、窓の外から小鳥の鋭い鳴き声が聞こえてくる。ビィッ、ビィッ、と規則的に続くその声が、まるで外に飛びだした自分の心臓の音のように思えた。

エメリーヌは胸元に手を置いて、そっと息をつく。

レオルディドは足元に視線を落とし、なにかを考えているようだった。

このときとばかり、エメリーヌは彼を見つめた。男らしい輪郭を、何度も何度も目でたどる。日に焼けた肌、短くした黒髪、少し曲がっている鼻梁でさえも好ましい。

(すてき……)

「殿下」

見惚《みと》れているうち、レオルディドが低く呟いた。顔の位置はそのまま、灰色の目だけが動いてエメリーヌをとらえる。

「ご病気ではないのですね？」

「は、はい。色々とご助言、ありがとうございます。わたくし……」

「殿下、ご教示いただきたい」

レオルディドは性急に言葉を被《かぶ》せた。エメリーヌの内側まで暴くように、彼の灰色の目が鋭い光を帯びる。

「アルシーク公が不思議なことを言っていたのです」

「シリルが？」

「そうです」

息を飲んだエメリーヌの耳を、男の低い声がぴたぴたと叩く。

「庭園で見かけたスタリー鳥を指し、あれはエメリーヌ殿下だと」

「スタリー鳥を」

「はい。あのときはまさかと思いましたが……シリルのことは殿下もよくご存じでしょう。フェインダース王族に伝わる女神の力がだれより強い男です。そしてあなたも女神の血を引く。女神の使いだと言われるスタリー鳥に入られていても、なんの不思議もない」

「……」

「殿下はスタリー鳥に入っておられたのですね？　だからさきほど倒れられた」

瞬きもせず見つめてくる灰色の目——槍《やり》の穂先のようにきらめくその視線に貫かれながら、エメリーヌはゴクリと喉を鳴らした。

2

南のヴィエント国は竜《ドラゴン》とともに暮らしている。

北のガイヤ国は獣人の国で、王をはじめ民も獣に身を変じる。

そして中央のこの国フェインダース——その王族は、常人にはない特別な力を血に宿していた。

女神の力と言われる、いわば魔法だ。

しかし時が経ち女神の血も薄れ、強大な力を持つ者は生まれなくなった。

以前には国のためにも使われていた女神の力だが、いまでは王族の血を特別にするだけの意味でしかない。

第二王女エメリーヌと第三王女アルシアは力を示したが、大きなものではなかった。しかも双子だったせいか、ふたりの間で女神の力を増幅させてようやく力にできるほどのものだった。

女神の力が放出されると、宙にきらめく軌跡が残る。人によってそれは雷のような金色の閃《ひらめ》き、あるいは蝶《ちょう》の羽ばたきに似たゆっくりと優雅なもので、双子の王女たちのそれは虹のような彩りがふわり、ふわりと広がっていくものだった。

力としては弱くても見た目に美しく、虹色の光に触れれば温かな幸福を感じる力。

双子の王女が持つのは、精神に作用する優しい力だったのだ。

それは最高神殿を頂点に各地に点在する分神殿を通じ、国民にも与えられた。

ひととき幸福にする、それだけの力——だからこそ双子の王女は本人たちごと愛された。

しかしアルシアの死により力は失われた。

エメリーヌひとりでは発現させても大きくはできず、きらめく虹の光は手の中で霧散してしまった。

都度、ため息や視線で伝えられる失望に晒《さら》される……そうしてエメリーヌの心を形作る輪郭は歪められ、やがて白昼夢にも悩まされるようになった。

突然、意識を失くし、空や木々といった外の風景を見る。人にはありえない高さから王宮を見下ろし、木々の隙間をこれも人にはありえない速さで移動する……。

意識を失くしているのは長い時間ではなかったが、糸が切られた人形のように倒れることであちこちに怪我《けが》を負うこともあった。

頻繁に起こる王女の喪神に、王と王妃は秘密裏に原因を探らせた。

また娘を失うことには耐えられない——恐れる彼らの耳に、医師ではなく最高神殿から信じがたい結果が報告された。

エメリーヌ王女は、スタリー鳥に意識を移す力を発現されております、と。

スタリー鳥は女神が連れてきた生き物だった。女神は天界に戻ったが、自分の使いとしてスタリー鳥を残していったのだ。

地上の理《ことわり》の外にある天界の鳥は、女神の力とはひじょうに相性がよい。

そのためこのようなことになったのではないか、というのが最高神殿を預かる本神殿長の見立てだった。

その上で、しばらく様子を見るしかないと。

王と王妃は、なんの予兆もなく倒れる娘を守るため、エメリーヌが部屋に引きこもることを容認するほかなかった。

「……お父様たちは、ゆっくりと折り合っていけばいいと言ってくださいます」

エメリーヌが説明を終えると、レオルディドは頷いた。

正直にことの次第を語るエメリーヌを見つめたまま、彼は耳を傾けていた。灰色の目は鋭い光を帯びていたが、そこに忌避や嫌悪、ましてや責めるような冷たいものが現れることはなかった。

そのことに勇気を得て、エメリーヌは続けた。

「わたくしが至らないので、周囲を失望させてばかりです」

「殿下が気にされることは微塵《みじん》もありません。周囲のことは周囲の問題です」

レオルディドはきっぱりと言い切り「それにしても」と首を傾げた。

「倒れるときのお怪我が心配です。頻繁なのですか？」

「いいえ！」

エメリーヌは慌てて否定した。

「この一年ほどは、ほとんどありません。鳥の中でも意識を保てているのです。本神殿長様がときおりわたくしを診てくださるのですが、鳥の中に入ること自体、少なくなっていくでしょうと。ご心配おかけしましたが、実際、わたくしは制御できていたのです。ですから……その、このお話についても大丈夫なのだと思っていただければ……」

「では、さきほどのご様子は……」

レオルディドは言いかけたものの、ふいに言葉を切って黙り込んだ。

「団長？　どうかなさいましたか？」

驚いたエメリーヌが覗き込むと、黒騎士は表情を隠すように広げた片手で顔をこする。

「……そんなに怖がらせてしまいましたか？」

「え？」

「俺を見て倒れられた」

(え……っ!?)

声にならない声をあげ、王女はぶんぶんと首を横に振った。

「違います！　わたくし、たしかに倒れましたが……」

もじもじと両手を組み変え、同じ高さで見つめている灰色の目から視線を外した。

「き、緊張してしまって」

「緊張を」

「そうです！　ええ、あの、すごく、すごく緊張していたのです。失態でした、ほんとうに。こんなことはなかったのです、最近は。ほんとうに……すみません……」

「……」

「わたくしたちの間の、ええと、織細な、あの、お話をご承知ですよね？」

ドキドキしながら窺《うかが》うように問うと、男は憎らしいほど平静な顔で訊《き》き返した。

「結婚の？」

「そうです！　それです！」

予想以上に大きな声が出てしまい、エメリーヌは焦った。はしたない。王女らしく、十九歳の大人らしく、落ち着かなくては……。

「……わたくしを妻にしていただけるかとても不安で、それで緊張したのです」

熱を帯びた頬に手を当て、なるべく平静な声で説明した。

するとレオルディドは驚いているのか、そのまま瞬きもせず睨むような強さでエメリーヌを凝視した。

「緊張」

「ええ」

「不安で？」

「そうです。……だってわたくし、だめな王女ですから。スタリー島に入るなどという力のせいで、務めを果たすこともできずにこもりきり……」

「不安や緊張を覚えるとスタリー島に？」

優しい声音が、問う形でエメリーヌの言葉を遮った。同時に男の手が伸ばされ、頬に当てていた手を包むように重ねられる。

その手は大きく、硬かった。そして温かい。

エメリーヌの心臓がドキンと跳ね、踊りだすように暴れた。

「だ、団長？」

「いまはどうですか？」

レオルディドの顔は相変わらず強張《こわば》ったように怖いものだったが、それでもどこか目の端や口元に柔らかさがないわけでもない——気がする。

「緊張しますか？　不安は？」

「いいえっ」

「そうですか。失礼いたしました」

彼は触れたときと同様、そっと手を外した。

離れたことに安堵しながらも、物足りなさを感じてエメリーヌはコクリと喉を鳴らした。

もっと触れていてほしかった——そんな渇望を認め、息をつく。身体の中が燃えているようで、呼気に火が混じっていないのが不思議だった。

「殿下？」

「……いまは、どんなに緊張しても鳥には入れません。わたくしの中の女神の力が不足しているのです」

「不足」

「夜に人は眠るでしょう？　疲れた身体や頭を休ませ、回復させるために。女神の力も同じです。使えば減りますから、回復の時間を置かないと」

「そうなのですか」

「そうです」

「なるほど」

レオルディドは重々しく呟いて頷いた。そして目を上げ、もう一度、言った。

「……なるほど」

「あ、あの、団長？」

エメリーヌはますますドキドキして、声を上擦らせた。

「みっともないところをお見せしましたが、さきほども申し上げた通り、このようなことはなくなっていたのです。ですから、団長との……このお話が進んでもご迷惑はかけません」

「迷惑などとは……」

レオルディドはまた言いかけて、口を閉ざした。眉をひそめ、躊躇《ためら》うようにそっと切り出した。

「迷惑とは思いませんが、鳥に入るのを完全にやめることはできるのでしょうか。心配なのもあるのですが……どの程度、制御できるかは俺も把握しておきたいのです」

エメリーヌはレオルディドと視線を絡めた。

彼の灰色の目は真摯な光を湛《たた》えている。揶揄《からか》ったり、あるいはただ好奇で聞いているのではなく、ほんとうに案じてくれているのだ。

（わたくしも正直にならなくては）

落ち着かない心臓をなだめるように浅く息をついて、少しの間、黙考する。レオルディドもじっとしている。

エメリーヌは顔を上げた。

「わたくし、スタリー鳥に入ることをやめたいとは思っていないのです」

思いがけずシンとした空気をついた声に、レオルディドはハッとしたように身じろいだ。

「殿下」

「自ら望んで入るときもあるからです。呼ぶ声が聞こえるのです。一緒に飛ぼう、一緒に行こうと。答えないでいると、声は小さくなっていきます。逆に大きくなって抗《あらが》えないときもあります……いえ、わたくしが抗いたくなくて……」

エメリーヌは眉をひそめ、視線を背後の窓へと流した。日射しが差し込む窓の向こうには、少しだけ金色を混ぜ合わせたような空が広がっている。

目を戻すと、じっと見つめていたレオルディドの灰色の目が、ほんの少し細められた。それは非難ではなかったが、エメリーヌは弁解するように微笑んだ。

「スタリー鳥でいる間は、なんでもできる気がするのです。強くて、怖いものがなくて、空をどこまでも飛んでいって……アルシアと一緒に笑っているようで……」

「アルシア殿下と」

「ええ」

「ですが……アルシア殿下は」

「わかっています」

エメリーヌは視線ごと顔を伏せ、自分の組んだ両手を見つめた。

「おかしなことを言っていると、そう思っているでしょう？」

「そんなことは」

「いいえ、団長は騎士として研鑽《けんさん》し、自らの手で未来を切り開かれてきました。戦場に立ち、多くのつらいことも経験されたでしょう。そんなあなたに、わたくしの話はあまりに甘えすぎて聞こえるでしょうね……団長？」

話の途中、レオルディドは無言で立ち上がった。

エメリーヌが顔を上げると、灰色の目が逸らされた。強張った横顔には、どこか切羽詰まったような、傷ついたような――そんな気配が滲んでいる。

ふたりの間に、ピリッとかすかな痛みにも似た緊張が走った。

「団長？」

「殿下、俺は」

レオルディドはゆっくりと目を戻した。ベンチに腰掛ける王女を見下ろすという傍目《はため》には不敬な体勢のまま、彼は口の端をわずかに歪めた。

「俺は……そうするしかなかったから戦ってきただけです。剣を握って、馬にまたがって」

「……」

「あなたの称賛を受けることなど、俺には……」

彼はそのまま黙り込んでしまった。視線はふたたび逸らされ、見えないなにかを探すように落ち着きなくさまよう。

（俺には？）

エメリーヌは男の横顔に視線を当てたまま、続く言葉を待った。しかし待てなかった。待っている間の沈黙で、心が破裂してしまいそうになる。

エメリーヌはきゅっと唇を引き結んで立ち上がった。

「団長」

一歩踏みだすと、ドレスのスカート部分につけたレースがひらりと揺れた。その繊細な動きに恐れをなしたように、レオルディドが仰《の》け反《ぞ》って下がる。

エメリーヌはさらに足を進め、距離を詰めた。

「少し歩きませんか？」

レオルディドが飲み込んだ言葉がなんであれ、いまこのとき、一緒にいるこの時間のほうが貴重だ。話したくなったら話してくれればいい。

エメリーヌは自分を鼓舞し、精一杯の微笑を浮かべて片手を差しだした。

「ずっと座っていたので、足がむずむずします。あちらに綺麗な回廊がありますから、よろしければご一緒に」

持ち上げた手の、伸ばした指先がふるえているのが自分でもわかった。

どうしよう。彼が行ってしまったらどうしよう？

おまえなど要《い》らないと、行ってしまったら……？

女神の力は喜ばしいものだ。だが古《いにしえ》には天変地異すら操ったという強大な力はすでになく、いまでは手妻めいたわずかな力を発現するだけのものになっている。

国のためにもならない力だ。

まして、鳥に自らを重ねて飛んでいく力がなんの役に立つだろう？　そのたびに意識を失う、そんな女を妻にするのでは。

(役に立つどころか……その逆だわ)

「殿下、ありがとうございます」

だがレオルディドは微笑み、手を伸ばしてきた。

騎士の手、辺境の厳しい環境でより硬くなったような、そんな指でエメリーヌに触れた途端、彼は笑みを深めた。

「俺も足が痛みだしていました。膝をついて女性と話をするのははじめてでしたが、存外、疲れる姿勢です。失礼いたしました」

「まあ」

ふいに立ち上がったことをそう言いわけされたので、エメリーヌは声に出して笑った。

するとレオルディドは眩しそうに目を眇《すが》め、首を振った。

「しかしどれだけ疲れても、もっとお話ししたいとも思っておりました。ぜひ、お伴させてください」

ふたりは手を握り、並んで歩きだした。

3

細長い中庭を囲む幅広の回廊、その床には青みを帯びた白石が敷き詰められていた。並んだ細い柱も白で、蔦《つた》の意匠の流麗な線の彫りがされている。

中庭は背の高い針葉樹が整然と植えられているだけで、花はない。風は木々の匂いと、ザザ、ザザと葉音を運ぶ。

「お姉様とシリルはどこまで行ったのかしら?」

つないだままの手を意識するあまり、不自然な声になってしまった。

エメリーヌは誤魔化すように、さっと回廊に視線を巡らせて続けた。

「こちらにいると思ったのですけど……」

「別の部屋に入ったのかもしれません」

姉たちの行く先を聞こうにも、使用人や衛兵を含めて人影はない。

「困りましたね」

「無理に探さなくてもよいかと。殿下、行きましょう」

レオルディドの手にほんの少しだけ力が込められ、エメリーヌは頬を赤くして頷いた。手をつないだまま黙って歩きだしても、気まずさは感じなかった。光に淡い紅色と金が混じる夕刻近いこの時間、同じ景色の中にいられることが心地よい。

いつまでもこうしていたいほどに。

だが、そういうわけにはいかなかった。回廊は中庭を囲んでつながっている。最初の角を曲がり、ふたつ目を曲がり、このままでは無言で一周してしまうわ……とぼんやり思ったとき、三つ目の角の手前にあった扉がスイと開いた。

「あら」

室内から現れた黒髪の貴婦人が驚いた声をこぼし、外開きになる扉に手をかけた姿勢で動きを止めた。彼女がまとう紫色のドレスの、何枚もの薄布を重ねて濃淡を作った裾だけが、ひらりと揺れる。

「ぶつからなくてよかったわ」

金糸銀糸で小花を刺繍したドレスは、一見、若い娘がまとうような代物だったが、着崩した胸元や、腰にゆるく巻いた黒真珠とザクロ石の装飾帯など、端々に成熟の艶《つや》がある。

貴婦人は優雅な動作で回廊に出ると、正面を向いて微笑んだ。細い眉、熟れたブドウの粒のような黒い目。赤く蠱惑的《こわくてき》な唇が吊《つ》り上がる。

「こんにちは、エメリーヌ殿下。それと……レオルディド？」

「公爵夫人」

エメリーヌは息を飲んだ。

(どうしてここにいるのかしら)

たしかに彼女は王族の一員だ。二段宮にいてもおかしくはない。

だが見計らったような登場に、気味の悪さを感じた。耳を澄まして待っていたのではないかと思うと、身体の中まで冷えていくようだった。

ロフル公爵夫人ウイユ。

(団長の……お母様)

無意識に身体が強張ってしまう。レオルディドも複雑な思いなのかもしれない。視界の隅に入る彼の顎の線はひどく硬く見えた。歯を食いしばっているのかもしれない。

つないだままの手の温《ぬく》もりを意識しながら、エメリーヌは首を傾げた。

「ウイユ様、なぜ」

「間に合ってよかった、お会いできて嬉しいわ」

ほほ、と軽やかな笑い声を回廊に響かせ、彼女は王女の言葉を遮った。

「わたくしの最初の息子。可愛いレオルディド。あなたの顔が見られるなんて」

(息子？　可愛い？)

嫌悪を含んだ寒気で、身体がふるえた。

エメリーヌはもともとウイユが好きではない。小貴族出身ながら、とくにと求められてロフル公爵の妻となった女は、美しくはあったがひどく高慢だったからだ。

(けれど、団長には……)

ふと、レオルディドが強く手を握り返してきた。

「お久しぶりです、公爵夫人」

内心を表さず、騎士らしい機敏さで頭を下げた男は、身内——母親を相手にひどく慇懃《いんぎん》に言った。

ウイユはその様子に目を細め、卵を飲み込んだ蛇のように笑った。

「ほんとうね、あなたはちっとも会いに来てくださらないのだもの！」

「申しわけございません。職務がありますので」

「あんな、黒騎士の団長など……」

「ウイユ様、もう戻られていたのですね」

エメリーヌは我慢ができずに割り込んだ。

王女の自分さえ無視して話をするウイユの、そうした権高さが昔から嫌いだった。レオルディドの母だと思えば飲み込めたこともあったが、それはごく一部でしかない。

(嫌な女《ひと》)

「ここにいらっしゃるとは知りませんでしたわ、南に行かれていると聞いておりましたが」

エメリーヌは頬に手を当て、優雅に微笑んだ。

公爵夫人は王女に目を移し、美しい顔を歪めた。苦笑になりきらない怒りが滲む表情だった。

「ええ、ヴィエントにおりましたからね。ロザンナ殿下とともに戻るつもりでしたのよ。ご一緒させていただく約束でしたの。ですが、少し遅れただけで置いていかれましたわ」

「そうですか」

エメリーヌは姉の代わりに謝罪するように、軽く頭を下げた。

「では、旅の疲れを癒してくださいね。またゆっくりとご挨拶できれば嬉しいですわ」

そう言いながら、華奢な手からは想像もつかないほどの力でレオルディドを引っ張る。

「戻りましょう、団長。お姉様たちは中にいるようですし」

ふたりを探していたわけではないが、あえて朗らかにそう言った。探さなくてはいけないから、はやくこの場を去りたいのだと。

「お待ちください」

その機転にレオルディドがなんらかの反応をする前に、公爵夫人の声が響いた。

「息子とは久しぶりに会いましたのよ。少しばかり話をする時間を頂戴しても、わたくしの立場なら当然では？」

「ウイユ様の？」

エメリーヌは下半身をふわりと覆うスカートの中で、カッと踵を鳴らして振り返った。遅れて揺れた金色の髪と、黄水晶の花飾りがきらめく。

「レオルディド様は黒騎士団の団長としていらしています。多忙の中、足をお運びいただいたのは、あなたの息子としてではありません」

「では、殿下のためとでも?」

ウイユの声が跳ねたのがわかった。彼女は言い返されることに慣れていない。

「そうです」

しかしエメリーヌは恐れも見せず、きっぱりと答えた。

「わたくしのために来てくださったのです」

「まあ!」

ほほほ、とウイユが笑った。

「では夫が言っていた通りですのね、レオルディドが王女を妻にすると。陛下に打診され、アルシーク公爵に伝言を頼んだと言っていましたよ。わたくしはなにも聞いてはいませんでしたが……エメリーヌ殿下と? あらあら、驚きですわ。手近で済まそうと急いだのでしょうね! わたくしのいない間に!」

明確な毒を含んだ声音は、回廊の空気を一変させた。

エメリーヌは怯んだ。人とぶつかることには慣れていない。

心臓がキュッと竦んで足元に落ちていくような気がする。

それでも負けたくない。言い返したい。あなたなどなんでもないと、レオルディドの前で言ってやりたい……。

「ロフル公爵夫人」

思いがけずシンと落ちた沈黙の中、レオルディドがウイユの地位を口にした。ロフル公爵は王族の筆頭、長老格として王権を支えている重鎮だ。その妻であることをいつになったら自覚するのだと、言外に非難を込めた声だった。

「この結婚にあなたの許可が必要とは思いません。俺は黒騎士団の団長として、王女殿下を賜る栄誉を頂戴したのです」

「……っ」

「殿下を輝く花のように大切にいたします」

レオルディドは堂々と告げた。灰色の目は厳しく、険しい表情をしている。挑むようなその姿が、夕映えの金色の光に浮かんでいた。

(いま……わたくしを、輝く花のように大切にすると……)

レオルディドの言葉が心に温かく染み込んでいく。

「団長……」

つないだ手をそのままに、もう一方の手でレオルディドの太い腕をつかんだエメリーヌは、すがりつくようにして言った。

「わたくしを妻にしてくださるのですね？」

「はい」

レオルディドはエメリーヌを見下ろし、はっきりと答えた。

しかし足りないと思ったのか、口元を緩めて頷く。

「殿下を生涯お守りする剣になります」

「……！」

エメリーヌはパッと喜びを弾けさせた。

「嬉しい、ありがとうございます。嬉しい……」

「殿下」

レオルディドは身じろぎしながったが、つないだままの手に力が込められた。エメリーヌの細い手には過ぎた力だった。しかも、硬く荒れた手だ。

だがエメリーヌはもう一方の手を下ろし、レオルディドの手の上からギュッと強く握り返した。

「わたくし、よき妻になります。頑張ります」

レオルディドは驚いたような顔をしている。見開かれた灰色の目に、自分がちらちらと小さく映っている。彼はエメリーヌの笑顔をしまうように、ゆっくりと瞬きをした。

ほほ、と悪意に満ちた笑い声が宙を裂き、ふたりをハッとさせた。

「微笑ましいことでございますわねぇ」

目をやると、ウイユは険しい目つきで息子に指を突きつけた。

「ラーツ戦争の英雄？　黒騎士団の団長？　それもロフル公爵の名があっての地位でしょう？　王女殿下を妻にできるのも、あなたひとりの力ではないのよ。自覚しなさい、恥をかきますよ」

公爵夫人は髪に挿《さ》したいくつもの小さな飾りを鳴らして頭を振った。

日射しは傾き、あたりは金色が濃くなっている。その光を広げるように風が吹きつけ、中庭の木々がザワザワと音をたてた。

風がやむと、チ、チ、とどこかで虫の声があがった。

そのかすかな音さえ届くほど、緊張してシンと静まっていたのだ。

ごく近くにあるレオルディドの身体がふるえたのがわかった。

瞬間、エメリーヌは呼吸を思いだし、息を吸った。吐いてまた吸ったとき、ようやく心臓を含めてあらゆるものが動きだした。怒りとともに、急激に。

「恥をかくのはあなたです、ウイユ様」

レオルディドと手をつないだまま、エメリーヌはウイユに向かって冷たく言い放った。

「だれかを踏みつけないと飛べないのですか？」

「……なんですって？」

手にしたものが思いがけず熱かったような、そんな顔をしてウイユは仰け反った。

「わたしがなにを踏んだと？」

「あなた以外のすべてを」

「……」

「ウイユ様、よくお聞きください。レオルディド様がなさったことは立派なことです。戦いの中、当時の団長を含めた本隊は孤立し、カルディア兵に囲まれたのです。レオルディド様は本隊を救うため、わずか二十騎を率いて戦場を駆けたのです」

「……」

「ほかにも、いくつもの武勲を挙げました。国中の者が知っていることです。そして感謝していることとです。それらの行動にロフルの名は必要なかったのですから」

「必要、ない？」

ゆっくりと瞬いたウイユに、エメリーヌは「ええ！」とはっきり答えた。

「そうでしょう？　どのような高貴な名前を持っていても、やらない人はやりません。やりたくてもできない人もいるでしょう。でも名前だけを誇り、なにもしない人もいるのです」

「……」

「レオルディド様は行動された。お仲間を救うために命を懸けて戦い、勝ったのです。名前は関係ありません。ロフルの名に感謝したのではなく、人はレオルディド様の行動に感謝したのです」

「なにを……！」

上擦った声をあげ、ウイユは頭を反らして笑った。

「殿下がお好きなのは物語の中にしかいない、そのような騎士なのでしょうね！」

「あなたこそ物語だと思っているのですか？」

エメリーヌはむしろ穏やかに言い返し、首を振った。

「レオルディド様は敵国からも称賛されたほどの騎士なのですよ？　国中、みんなが知っていることです。だから黒騎士団の団長に迎えられたのです」

「……っ」

「ウイユ様、お気の毒なことです。なにも認められない人は不幸なままです。あなたのお心が救われますよう女神に祈ります。——行きましょう、団長」

エメリーヌは振り返り、にっこりと笑った。

眩しげに見つめていたレオルディドは、エメリーヌの手を握り直して頷いた。

「どこまでもご一緒いたします、殿下」

三章　触れたいのです

1

エメリーヌ・フェインダースは変わった王女だった。

(鳥になるのを別としても)

いや、色々と心配だから別にはしたくないのだが、ともかく女神の力としてそういう不思議もあるだろうと理解はできる。

つまりそれがなかったとしても変わっているということだ。

少なくともレオルディドの目には、どんな王女、どんな貴婦人とも違って見えた。

彼女は駆け引きをすることがない。感情を隠すこともせず、表情にも声にも気持ちが表れ、言葉も直截《ちょくせつ》で素直だった。それは王女の立場としては、あるいは誤った資質なのかもしれない。だが彼女の心情の発露は、レオルディドには好ましく映った。

最初の日を思いだす。二段宮の回廊でのことを――あのとき王女が言ったことは、驚くほど心を軽くしてくれた。

名前は関係ない。行動したことが価値なのだと、エメリーヌはレオルディドにも教えてくれたのだ。

(殿下は聡明な方だ。お優しい)

笑顔もいい。明るい青い目を細め、ふっくらとした唇は柔らかく弧を描く。ふふ、と漏らす声も愛らしい。

「……」

レオルディドは眉間にしわを刻んだまま、淡い緑色を帯びたガラス窓の先に目をやった。

エメリーヌと夫婦として生きていくのはとてもよいことに思えた。彼女となら心を通い合わせ、互いに尊重する関係になれる気がする。

どちらにしても結婚は決まった。

最初の日、二段宮を後にするそのとき、慌てた侍従に引きずられるようにして王夫妻の居間に通され、王と王妃から真意を問われた。

この結婚は決められていたこと、命令だと思っていたが違ったらしい。もしかしたら断れたのかもしれない。思い返せばエメリーヌもまたこの話の選択権はこちらにあるのだと、そんな言い方をしていた。

だがもう、伝達がどこかで変わったのだとしてもよくなっていた。

レオルディドは王と王妃に答えた——殿下がよろしければすぐにでも、と。

すると親しさが一変し、王たちは立場にふさわしい高慢さを滲ませ、レオルディドの前に書面を滑らせた。

結婚契約書だった。こまかく記されたそれに目を通している間に、テーブルの上には金色に光る羽ペンとインク壺《つぼ》が用意されていた。

そうした手際のよさに、やはりこの結婚での選択権などなかったのかもしれないと思った。

だが、それでも……。

(それでよかったと思える)

「団長、入っても?」

「ああ」

気持ちを切り替えながら振り返り、扉口に立つ副官のリーグ・ティヘタを見る。

がっしりとした身体を黒騎士団の隊服に包んだ彼は、手にした書類に目を落としていた。

「入ってくれ」

レオルディドは身体ごと向き直り、副官を迎え入れた。

リーグは三歩ほど離れた位置で足を止め、赤みの強い褐色の髪をかき上げるついでのように敬礼し、若い顔に不遜《ふそん》な笑みを浮かべた。

「王宮のどの隊からも、団長を歓迎すると返事が来ています。視察だけではなく実技指導の希望も出ていますが……黒い悪魔と手合わせしたとなれば、安全な王宮で慣れ合うだけの連中にはまたとない自慢になるでしょうからね」

黒い悪魔――ラーツ戦争で敵国につけられた異名を、特段、気に入ってはいない。というか、もう少し言いようがあるだろうと思っている。

それを説明するのも面倒なので黙って見据えると、副官は肩を竦めた。

「久しぶりだとヒヤッとしますね、団長の目つきの悪さは」

黒騎士団で騎士として長く務めた父親を持つリーグは、自身も幼いころから騎士として研鑽してきた。年の近いレオルディドも昔から知っているし、ラーツ戦争では敵の真ん中を斬り抜けたという、生死をともにした経験もある。

その副官だからこそ許される軽口にレオルディドは口元をゆるめ、眉間を指先で擦《さす》った。

「普通にしているつもりなんだが」

「そうですか」

リーグは気の毒そうに眉をひそめた。

「屋根に飾られた怪物《ガーゴイル》も、普通にしているつもりでしょうけど怖いですよね」

「……」

「ところで団長、あちこちの貴族からも招待だの面会の申し込みが来ていますよ。こちらは返事を待たせていますが」

「そうか」

レオルディドは咳払いした。

「……ここには耳敏《みみざと》い輩《やから》が多いな」

エメリーヌとの結婚が決まって数日経っていた。

しかし公式行事にはほとんど出席しなかった第二王女の結婚発表は大々的にはなされなかったので、知っている者はまだ少ないはずだった。

「口が軽い連中も多いんですよ」

リーグはひょいと肩を竦める。

「まあ、王女殿下とのご結婚は一大事ですからね」

「まったくだ。だが……そうだな、そちらは必要だとおまえが判断した相手には都合をつける。俺が顔を出すのが団に役立つなら、そうするべきだろう」

「助かります」

リーグは笑った。

「俺もここに派遣されてから、どうにかあちこちにつなぎを作ったつもりですけど、団のためにできることはまだ足りない」

騎士団領は自地での生産性がなく、国から支給される金銭や物資ですべてを賄っている。

しかし、結局は現場を知らない役人たちがやることなので不備や不足が多かった。それを訴えても役人仕事なので埒《らち》が明かず、進まない。

不満があれば士気に関わる。レオルディドははやくからこの問題に取り組んだ。貴族や有力者からの援助や、騎士団が行う直接の売買は不正を恐れて禁じられていたが、この許可を取りつけたのだ。

しかし、それで終わりではない。交渉が成立し物を手に入れても、運ぶ道、保管する場所、その管理、分配、記録——様々な事柄が派生していく。それらを組織として滑らかに、何人もの手で動かしていかなければならないのだ。

黒騎士団領の北側で領地が接するアルシーク公爵はすぐに力を貸してくれたが、シリルの友情に甘えてばかりはいられなかった。

より多くの協力者が必要なのだ。

「無理にここに移ってもらったが、おまえにも助けられている」

レオルディドが感謝を告げると、リーグは照れたようにコツコツと額を叩いた。

「その言葉だけでまだまだ頑張れます」

「俺の、今回の話で色々と変わってくると思うが……」

ゴホッと咳払いを挟みつつ言うと、リーグはすべて心得ているように力強く頷いた。

「宮廷側からも相談されていることです。王女殿下は王宮に残られるか、王都にお屋敷を求められると思います」

（そうだった）

レオルディドは虚を突かれ、一瞬、呻《うめ》いた。

エメリーヌと結婚しても、彼女と一緒に生活するわけではないのだ。

結婚後も別に生活の場を設けるのは、王族、貴族ならば珍しくない。そもそも黒騎士団の団長である自分が王女の結婚相手に選ばれたのも、エメリーヌの事情を鑑《かんが》みてのことだ。

わかっていたはずなのに愕然とした。

（そもそも殿下が団領……辺境で生活など無理だろう）

知らず肩を落としたレオルディドを、リーグの明るい声が容赦なく叩く。

「王宮で過ごす部屋については、殿下のご身分上、二段宮にそのまま、ということになりそうですね。このあたりは、都度、報告していくようにします。あとは……」

言いながら、リーグは書類をパラパラとめくる。その手が突然、ぴたりと止まった。

「二段宮に向かってください」

部下の声には焦りが滲んでいた。二段宮は王族の住まいだ。一抹の不安を覚え、レオルディドは身を乗りだした。

「なぜだ？　殿下がなにか？」

「ええと、ですね」

リーグは書類に目を落としたまま言った。不自然なほどの早口だった。

「殿下は殿下でも、ロザンナ殿下です。ヴィエント国王太子妃殿下です」

「ロザンナ殿下……」

「午後のお茶に招待を受けておりまして……」

「午後か」

レオルディドは背後の窓を見た。中天を過ぎた太陽の眩《まばゆ》い日射しが注いでいる。

「申しわけありません、見落としていました。すぐに向かってください！」

リーグは普段の澄ました顔をかなぐり捨て、上を指差した。


四段宮から二段宮までは、直線距離ではそう遠くはない。

しかし丘の斜面に作られた王宮のこと、複雑な様相を呈していて時間がかかる。ということでレオルディドは、王宮で許される程度の速足で上を目指していた。

レオルディドはロザンナをやや苦手にしていた。エメリーヌとの結婚が決まってから、当たりがきついときもある。

遅刻などすれば、細剣の突きにも似た舌鋒で全身傷だらけにされるだろう。

（探ってくるような物言いもされるが、ロザンナ殿下なりに心配されているのだ）

母の——ロフル公爵夫人のこともあるのだから仕方ない、とレオルディドは胸中で嘆息する。エメリーヌとともに公爵夫人と遭遇した回廊での一件は知られることがなかったが、ロザンナも彼女を嫌っていることは間違いない。

その息子である自分を、色々と見極めたいという気持ちは理解できる。ロフル公爵夫人があれから静かにしていることだけが救いだった。

(ともかく急がなければ)

王宮の庭園にはそれぞれ瀟洒《しょうしゃ》な門があり、華美な衣装の騎士や衛兵が立っている。彼らはもちろん黒騎士団団長を見知っていたので、黒い外套をはおった男が、すさまじい形相でずかずかと近づいてきても、命を懸けて止めようとはしなかった。

「むっ」

ほどなく二段宮に出るという庭園の途中、丸く刈られた低木の脇を抜けたとき、レオルディドは敷かれた石を踏み潰《つぶ》す勢いで足を止めた。

枝を広げた常緑樹が続く、細い道の手前だった。両脇にあるその枝の下には、赤や黄色といった花々が咲き乱れる生け垣が作られている。

そこを、真っ白い影がひらりと横切ったのだ。

長い尾羽。優雅な線を描く両翼——。

(スタリー鳥!)

羽ばたきの軌跡を追いかけるうち、女神の鳥は生け垣の向こう、濃い緑の葉が滴るような枝のひとつにとまった。

そのままじっと首を傾けて見ている。レオルディドを。

(まさか)

「……殿下でいらっしゃいますか?」

反応はなかった。中身はエメリーヌなのか、あるいは女神の鳥ということで大事にされていることを理解しているためなのか、恐れも見せずじっとしている。枝から垂れる長い尾羽が、笑うようにひらりひらりとそよぐだけだ。

レオルディドは表情こそ変えなかったが、内心、大いに慌てた。

王宮の数多い噂のひとつに、スタリー鳥に女神の力が強く宿り、人々を助けているというものもあった。副官のリーグが言うには、実際に助けられた貴婦人や侍女、年配の使用人などの話からすると、噂ではなく真実らしい――と。

それを聞いたとき分厚い胸の奥で、きゅうっと心臓が縮んだものだった。

エメリーヌ王女がスタリー鳥に入ってしまうのは秘密にされていたので、王女の名が出てくることはない。

だがそれにも、レオルディドは懸念を抱いていた。

(殿下と知られていればいたずらする者もなかろうが……なにかあったらどうする!)

「殿下、俺は二段宮に行く途中です。姉君のロザンナ殿下にお茶に招かれました」

レオルディドは枝にとまるスタリー鳥に向け、丁寧に報告した。

傍目には間の抜けた光景だが、幸い、周囲に人はいない。

「殿下？」

女神の鳥は相槌のようにピッと小さな鳴き声をあげ、ゆっくりと頭を振る。白い頭部がふわふわと揺れ、青い目がきらめいた。

「一緒に参りましょう」

言葉を理解しているのか、好奇心が強いのか。あるいはやはりエメリーヌが入っているのか。スタリー鳥はレオルディドの誘いに応じ、翼を広げて降りてくる。

驚きに見開いた目の端に、からかうように長い尾羽が揺れた。あ、と思ったときには頭にとまっていた。

頭皮に食い込む爪が痛い。

「……よろしければこちらに」

腕を伸ばすと、ひょいと移ってくれた。

やはり殿下だ、と思った。たとえ女神の鳥と言われていても、ここまで人語を解するとは思えない。

（それに、ほんとうに美しい）

羽をたたみ、精巧な人形のようにじっとしているスタリー鳥を、このときとばかりに観察する。真っ白い羽、流麗な線。冠羽は先が少しだけ赤みを帯びている。丸く大きな青い目には、中心に大きな黒い瞳孔。

レオルディドの肘から手首までの長さほどもある大きな身体だが、ふくらんだ白い羽毛に包まれた身体は綿のように軽い。

(殿下もそうだった)

一度、抱き上げたことのある彼女の軽さと温かさ、柔らかさを思いだし——ハッとする。

ここに殿下がいるならば、元のお身体は。

「……なんということだ！」

レオルディドは腕に乗せたスタリー鳥を抱え、猛烈な勢いで駆けだした。

2

「では、殿下。うまくいきますように」

そう言い残し、アルシーク公爵シリル・ソーヴは片手を上げて出ていく。

従兄弟の背を睨むように見据えたまま、エメリーヌは黄色い布張りの椅子に腰かけた。薄青色の布に、大きな花びらのような形のレースを重ねたスカート部分が、落ち着かずふわふわと揺れる。

(ひどいわ、シリル。からかって……)

エメリーヌは肩から滑り落ちてきた髪を払い、目を伏せた。

背後の窓から差し込む日射しが、足元の絨毯《じゅうたん》にくっきりとした影をつけている。

二段宮にあるエメリーヌの部屋は広々としていて、薔薇園のような鮮やかな柄を織りだした絨毯が一面に敷かれている。

調度類は淡紅色の壁に押しつけられ、いま使っている椅子も窓下にあった。天板がエメラルド色に光る小さなテーブルも、前ではなく横に置かれている。

場所を選ばず倒れてしまう娘のため、王妃自らの指示でこのような部屋にされているのだ。隙間なく絨毯を敷いているのも転倒を恐れての配慮だった。

エメリーヌはスカートの裾を揺らし、華奢な布靴でその絨毯をぐいぐいと踏んだ。

(恥ずかしい)

相談したことを思い返すと、いたたまれない。

だがシリルに訊くのが一番だと思ったのだ。レオルディドと友人なのだから、助言も的確なはずだと。

シリルともっと親しんでいたら、これまでにも色々と話を聞けていたのに……と後悔している。

だがそうして従兄弟を介してもレオルディドと会えたか、まして結婚できるほどだったかと言えば、そうではなかったかもしれない。

王女としての結婚は国益を背負うものだ。スタリー島問題がなかったら、姉のロザンナが隣国に嫁いだように、フェインダースから離れた遠い地での結婚も十分にありえた。

……それに。

(アルシア)

胸に小さく痛みが走る。

もしアルシアが生きていたら、レオルディドとの出会いさえもなかったかもしれない。そう、レオルディドとの結婚が決まったという、いまのこの幸せは……。

(……アルシア……ごめんね)

妹が生きていたら――もちろんそのほうがよかった。レオルディドと出会えなくても、この気持ちを知ることが永遠になかったとしても。

でもアルシアはもういない。

(どこにもいない。だから、いまは……)

ふ、とめまいがした。帳《とばり》が下りるように黒くなっていく意識の、どこか遠いところで鳴き声が聞こえた。ピピ、と。

呼ばれている。だがエメリーヌは心の中で首を横に振った。

(いまはだめ。また今度ね)

ピイ、と抗議するように声が高くなった。

(だめ)

「——殿下!」

頭の中を埋め尽くす鳴き声に抵抗し、ぼんやりしていた意識が鋭い声で呼び戻された。

パチパチと瞬くうち、急速に輪郭がはっきりとした正面の顔は、見慣れたオレリアのものだった。

目の前で屈《かが》んだ彼女は様子を量るように、眉をひそめて凝視している。

エメリーヌは笑顔を作った。

「お茶ならもう必要はないわよ、シリルは帰ったもの」

「存じております。殿下、それよりも別の方のお茶が必要になりそうなのです」

「どういうこと?」

首を傾げたエメリーヌの背後を、オレリアはすっと指差した。

「黒騎士団の団長がお見えです」

「えっ」

エメリーヌはすかさず立ち上がって身体をねじり、窓の外を見た。

王女の私室に面した庭は、いくつもの花をつける低木を中心にしている。青や赤、白など大きさも形も様々な花々、葉の緑も瑞々《みずみず》しい愛らしい場所だ。

その庭にそぐわない、巨大な黒い影が立ち聳《そび》えていた。

「すぐにお通しして……あ！」

慌てて身体を戻し、胸元に泡のように飾られたレースや袖のふくらみを確かめる。

「おかしくないかしら？」

「申しわけございません、確認できません」

オレリアは自分のスカートをつまんで持ち上げ、さっと駆けだした。毛足の長い絨毯が足音を消している。

「わたしは団長閣下をお迎えします。殿下は御髪《おぐし》を整えてください。巻きが甘くなっておいでです」

エメリーヌは慌てて髪に触れた。


開いたままの扉から入ってきたレオルディドは、エメリーヌの前に立って胸に手を当てると、深く頭を下げた。まとう黒い外套が、もうひとつの影のように足元で揺れる。

「殿下、お会いいただき恐縮です」

「わたくしこそお会いできて嬉しいです。よく来てくださいました、団長」

エメリーヌは垂らした髪をいじっていた手を下ろし、前で組んだ。

ゆっくりと姿勢を戻していくレオルディドの顔を追うように視線を上げ、灰色の目の中に浮かぶ感情を量る。

しかし彼は、目を合わせても表情を変えなかった。

むしろ怒っているように見える。

エメリーヌの心に、ごろりと転がるように不安が出てきた。

この数日、彼は大っぴらに笑うようなことはなかったが、いつも親切で優しく、楽しそうにも見えた。

(まさか)

いまになって怒っているのかもしれない。呆れてしまったのかもしれない。

(……わたくし、ウイユ様にあのような言い方をして)

あの最初の日の回廊での出来事は、ずっと頭に引っかかっていた。

なんといっても相手は彼の生母なのだから。

だが後悔はしていないので、あの日もその後も、いまに至るまで謝ってはいない。話題にもしていない。レオルディドが話したくなったらそうすればいいと思っている。

(だって、ウイユ様にはもっと言ってやりたかったくらいだもの)

そもそも昔から、ロフル公爵夫人のことは好きではなかった。彼女の言動も行動も考え方も、すべてが高慢で自分勝手だったからだ。

ロフル公爵夫人とレオルディドのことを、周囲はあれこれと憶測を交えて口にしていた。

そうした噂はエメリーヌでさえも耳にしたが、気にはしなかった。

レオルディドが言うことだけを信じようと決めていた。

人にはそれぞれ抱えているものがある。過去やしがらみ、悩み、不安。

そして秘密。

自分にもスタリー鳥に意識を移して飛び回っているという、秘密にしたいことがあるのだから、と。

「殿下」

黙ったままぼんやりして見えたのかもしれない、窺うようにそっと呼びかけられた。

「失礼ですが、いままでスタリー鳥に入っておられましたか?」

「え?」

エメリーヌは目を見張り、そのまま窓のほうに顔を向けた。外はいい天気だった。夏の終わりの高い空に、輝く雲が散って美しい。

「いいえ、今日は飛んでいません」

「では倒れていない?」

「はい、だいじょうぶです」

レオルディドの心配が可笑しいのと嬉しいのとで心が弾む。

照れながら微笑むと、男は安心したように微笑み返した。

「よかった、案じていたのです。ありがとうございました」

(あああああ……！)

膝から砕けそうになった。彼は目元を柔らげ、口角を少し上げただけだったが、エメリーヌには満面の笑みに見えた。

ウイユに対して辛辣《しんらつ》に言い返したことを気に病んでいたが、レオルディドはやはり気にしていなかったらしい。

むしろ好意を抱いてくれたのかもしれない。結婚もあれで一気に決まったのだから。

(そう、結婚が決まったのよ)

エメリーヌは胸中で叫んだ。

(結婚が決まって、こんな、足を運んでくださって……心配まで……)

レオルディドはすぐに黒騎士団領に戻るのではないかと思っていた。結婚さえも騎士の務めのひとつと割り切り、妻になれたとしても放っておかれるのかと。

ところがそうではなかった。

レオルディドは瀟洒な衣装や装飾品で身を飾ることもなく、仕草も洗練されてもいない。身ごなしは敏捷《びんしょう》で、灰色の目は鋭すぎて怖いほどだ。

(でも優しいわ。思っていたより、ずっと優しくて……)

——ずっと素敵だった。

心に熱いものがぶわっとあふれ、血管に火が走った気がした。

初恋の黒騎士だ。もしかしたら夢を見すぎていたのかもしれないと思っていた。美化してしまっているのではないかと。

けれどそうではなかった。彼はほんとうに素晴らしい人だった。

日に日に好きになる。

(いいえ、一瞬ごとに好きになるわ)

「わたくしこそ、お礼を」

エメリーヌは興奮を隠せず、身体の両脇でそれぞれこぶしを握って前のめりになった。

「嬉しい驚きで心臓が踊っております。もうずっと嬉しくてたまらないのですけど」

「嬉しい?」

「ええ、結婚できるのですもの」

「……」

レオルディドは瞬きして目を逸らし、大きな手で自分の口元を隠した。

「……それは光栄です」

「わたくしこそ! あ、あの、わたくしこそ光栄で、この……結婚の決定を、ほんとうに嬉しく思っています。それで、あの、色々と計画していたことを進めたくて……実はシリルに、さきほど色々と相談していたのです」

「シリルに」

「先代のアルシーク公爵が王都郊外に作らせた城があるのです。いまはシリルの持ち物で、真っ白で小さく夢のように美しい城なのですって。わたくし、そこで……その……」

「シリルとここで城の話を?」

「え? ええ、城を借りたいというわたくしの願いに、シリルは快く応じてくれました」

「シリル」

「はい。それで、わたくし、その城で……ですね、団長とふたりで、あの……」

「殿下」

レオルディドは硬い声ですばやく遮った。ギリッと歯ぎしりさえ聞こえそうなほどざらついた声だった。

「レオルディドと呼んでいただきたい」

「レ、レオルディド……」

「そうです」

黒騎士団の団長は胸を張った、

「いくら従兄弟でも、ほかの男を親しげに名で呼ぶのですから。俺のこともそのように」

（まあ……！）

エメリーヌは身を乗りだした。

「で、ではわたくしのこともエメリーヌと」

「それはなりません」

肉厚の手のひらを向けてエメリーヌを制したレオルディドは、ごほんと咳払いをした。

「結婚をしても殿下は殿下です。フェインダース王国第二王女としてのご身分は変わりません。それは陛下たちと確認したことです」

結婚によって娘が不利益を被ることのないよう、父王はしっかり契約書を作っていた。今朝《けさ》になって見せてもらったそれを思いだし、エメリーヌは顔をしかめる。

――エメリーヌ・フェインダースは名もそのまま、身分もそのまま、私有財産が夫へ移譲されることもない。しかし兄である王太子が即位し、代が変わったときは女公爵としての地位とそれに伴う荘園を与え、国庫が支払う王女年金の代わりにする――等々。

契約書にはレオルディドの署名がされていた。

「でも、わたくし……」

「お互いの呼び方などは結婚後にでも改めて確認を。それまで殿下は殿下です」

「……はい」

（エメリーヌと呼んでほしかったのに）

あの低い声で――おそらく騎士として過ごす厳しい日々の中で、あるいはエメリーヌには想像もできない戦場の中で酷使したのだろう、彼の声はひどく低く、かすれることが多い。

(独特の……素敵な男らしい声で、わたくしをエメリーヌと……)

名前で呼んでくれ、と言われたのは望外の喜びだった。それがたとえシリルに対する対抗心のようなものであっても嬉しかった。

(わたくしのこともエメリーヌと呼んで、少しでも好きになってくだされば嬉しい)

「殿下」

「はい!」

名前もいつかは呼んでくれるはずだと妄想していた王女をよそに、レオルディドは眉宇を寄せた。

「シリルの城を借り、結婚後はそちらにお住まいになるのですか」

「え? いえ、まさか」

エメリーヌは笑って否定した。

「借りるのは数日です。わたくし、団長……レ、レオルディドとの結婚の儀式を済ませたら、ふ、ふたりで……あの……そこで数日、過ごせたらいいと」

「ふたりで」

「はい」

「ふたりで……」

レオルディドの眉間にあったしわが明らかに深まっていく。

険しさを増した彼の表情に、エメリーヌはハッと息を飲んだ。

(お気に召さなかった?)

「わかりました」

しかし、灰色の目を鋭く光らせた男は、しかめた顔のまま大きく頷いた。

「俺からもシリルに頼んでおきます。その計画、陛下たちはご承知ですか」

「え、いえ、これからお願いします。ロザンナお姉様とは昨夜、このことを少し話したので、お父様たちのお耳には入っているかもしれませんが」

「では儀式の予定も合わせ、よく相談しましょう」

「はい」

エメリーヌはホッとして、肩の力を抜いた。

しかし逆に、黒騎士団の団長を務める男の気配は硬化したままだった。彼は唸るようにして「それで」と訊いてきた。

「シリルとふたりでほかになにを話したのです?」

「ほ、ほかに、ですか」

エメリーヌの頬がカッと火照った。

言うべきだろうか。言ってしまっていいものだろうか。

(呆れられたら……)

レオルディドにとってこの結婚は、結局、命じられたものだろう。望んだ結婚ではない。強く求めて手に入れる妻ではない。

不安や羞恥で身が竦む。だがエメリーヌは嘘《うそ》をつくことに慣れていないし、誤魔化すこともうまくできない。

結局、従兄弟との直前の会話を思いだしつつ口を開いた。

「……相談したのです」

「なにをですか」

レオルディドは身じろぎひとつしなかったが、答えを強要するような声を発した。

「なにを相談したのですか、殿下」

「団長が」

「レオルディド」

「レ、レオルディドとどうしたらもっと距離を近づけられるかしらと!」

じっと注がれる視線の強さを感じ、目を上げられないまま早口に言う。

「結婚は決まりましたがそれはそれとして……恋人のように振る舞ってみたいと……ええと、シリルはたしか……いちゃいちゃ？　と申しておりましたが、そうした触れ合いもしてみたいと思いまして」

「殿下！」

轟《とどろ》くような声で遮られ、エメリーヌはハッとして口を閉じた。

ますます顔が熱くなっていく。どうして口にしてしまったのだろう。適当に濁せばよかった。でも――もしかしたら、と思ってしまったのだ。

(団長を困らせてしまったわ)

「申しわけございませんでした、殿下」

気まずい沈黙が落ちかけたところに、低い謝罪の声が貫いた。彼は口元を覆った手のひら越しに、くぐもった声で続けた。

「大きな声を出してしまい……しかし、シリルとそのような話を？」

「ご、ごめんなさい」

エメリーヌは頰に手を添え、パッと俯いた。

「はしたないとは思いましたが……シリルはあなたの友人ですし、物知りですから。それにわたくし……結婚をすればあなたと夫と妻ではありますが、恋人という関係にもとても憧れがあり、そういう、その……いちゃいちゃがしてみたいのです」

「……」

「愚かだと……軽蔑されましたか……？」

レオルディドは顔を隠していた手をすばやく下ろし、強張った顔で「いいえ」と答えた。

「驚いただけです」

「ごめんなさい……」

「違います、自分が……自分もそうしたいと思い、驚いたのです」

「え」

エメリーヌは息を止め、近いうちに夫になる男の顔を見つめた。

しかめられたそれは日焼けしていたのでわかりにくいが、赤くなっているようだ。色がさらに濃くなっている。

「レオルディド……」

そっと両手を伸ばすと、大きく硬い手がそれぞれ握ってくれた。指先を包むだけの、不器用な触れかただった。

それでも胸が高鳴りめまいさえしてくる。耳の奥でガンガンと鼓動が聞こえる。

自分よりずっと大きな手。指の一本一本が太く長く、硬い手。

(わたくしとまったく違う)

この手が触れてくるのだ、と思った。わたくしのすべてに触れるのだ……。

「……っ」

途端、腹の奥に痺《しび》れるような感覚が生じた。

エメリーヌは全身をふるえさせ、すがるようにしてレオルディドの手を握り返した。

（この、手だけじゃない）

男女の差というだけではなく、レオルディドは別の世界から来たかのようにすべてが違っていた。父や兄、スタリー鳥の目でときおり見かけるどんな貴族とも衛兵とも違う。輪郭のごつごつした顔、太い首、広く厚い肩、胸元……全身からあふれでる力強さ。そして彼は優しい。とても優しい。とても。

「レオルディド……」

身じろぎひとつしなかったレオルディドが、ふいに息を吹き返したように瞬きした。

「失礼いたしました」

「は、え？」

そして彼は、優しくはあったものの断固とした力で手を外し、エメリーヌの白い指先を見つめて唇を歪めた。

「俺からは、立場上、触れることはできません」

エメリーヌは眉をひそめた。

「わたくしたち、結婚するのですから……」

「もちろん結婚後は別です」

男はズバッと言った。

「しかし女神の前での誓いが済むまでは、殿下はお守りすべき尊き御身。俺の荒れた手で、ほんのわずかでも淫らな意思をもって触れることはできません」

「……っ」

レオルディドの姿勢には誇らしさを感じる。これほどの忠誠、騎士として輝くような——

だが、胸がモヤモヤした。

(いいえ、わたくしがいけないのよ)

エメリーヌは落胆を飲み込んだ。代わりに羞恥が湧いてくる。彼の清廉さが石つぶてのようにビシビシと当たってきて、とても心が痛い。

エメリーヌは自らを恥じ、ブルブルとふるえた。

(手を握ったり……そのくらいと思っていたけど……いけないことなのね……)

「ごめんなさい、わたくし……」

「しかし殿下からお試しいただくのであればよろしいかと存じます」

「……え？」

早口すぎて聞き取れなかった。というか理解できなかった。

エメリーヌはゆっくり瞬きして、レオルディドの言葉を拾い直した。

「わたくしから試す？」

「そうです」

理解したことを端的に聞き返すと、男は重々しく頷いた。

そして両腕を広げた。

「どうぞ」

3

「その前にお座りになられますか？」

部屋にある椅子は四つ、すべて壁際、窓の下に点々と並んでいる。合間にはエメラルド色の小さなテーブル、椅子の両端には濃い色の小棚。

レオルディドと並んで座るその絵面を想像して、エメリーヌは首を横に振った。

（テーブルが邪魔だわ）

「このままで……っ」

「殿下がよろしければ」

レオルディドは表情を変えなかったが、広げたままの腕にグッと力を込めたのはわかった。

エメリーヌは心臓の破裂を抑えるため両手を胸元に当て、火に惹《ひ》きつけられる虫のように
ふらふらと足を踏みだした。

（どうしたらいいのかしら……）

彼がまとう黒い外套の下は簡素な騎士服だが、膝丈の上着を留める幅広の革帯には、切り目で作る細かな模様が刻まれていた。その下に巻いた剣帯に吊るされた剣の、銀色の柄がきらりと光る。長靴は鋲が点々と打たれた武骨なものだ。

エメリーヌは視線を上に戻した。

辺境の風に晒されたせいか、黒髪は艶がなく強《こわ》いものに見える。日焼けした顔を包むその髪にどうしても触れたくなって、爪先立って手を伸ばす。

「まあ」

思ったより柔らかかった。短くされた髪を指先で梳《す》き、男の耳の縁に触れる。鍛えようのない部分であるからこれも柔らかい。

指の腹で耳殻をたどるうち、火で熱せられたように熱くなっていく。

手を下ろし、エメリーヌは笑った。

「髪も耳も……もっと、なんて言うのかしら、石のようかと思っておりました」

レオルディドは答えなかった。身じろぐこともなかった。強張った顔をやや俯け、灰色の目に熱を溜《た》めて見つめている。

互いの熱も感じられるほど近い距離。ほんのわずか――ほんの少し身体を傾けるだけで、たくましい胸元に頰を当てて腕を回すこともできる。

エメリーヌはごくりと喉を鳴らした。

（はしたない）

しかし内側から泡立ってくるような両手のムズムズが収まらず、レオルディドの胸に手のひらを押し当てた。

（硬いわ！）

そして熱い。騎士服は厚手だが、それ越しにも男の体温と、ドカドカと響く鼓動が伝わってくる。

自分の心臓も負けじと激しく胸の骨を叩いていて、顔の熱さも増している。荒く、浅い息遣いはどちらのものなのか、これもふたりのものなのか。

「レオルディド……」

男の胸に手を置いたまま、エメリーヌは顔を伏せた。目も上げられない。全身がカッカッと熱くなっていて、足に力が入らなくなってきた。ふわふわする。

シリルの言っていた「いちゃいちゃ」がこんなにも恥ずかしいものだとは……。

だが吸いついたように手が離れない。離したくない。たしかに恥ずかしい。心臓は速く、顔はとくに熱くてくらくらする。

それでも。

（もっと触れたい）

できればギュッと抱き締めてほしい。

息もできないほど強く。

隙間もなく抱き合って、そして……。

しかしレオルディドの両腕は身体の脇で広げられたまま、見えない重しを吊り下げられてでもいるかのように動かなかった。固められたこぶしは岩のようだ。

(抱きしめられたら……身体を重ねたらどんな感じかしら)

エメリーヌの肌がさっと粟立《あわだ》った。

男女の違いは知っている。その違う部分が交わるのだと知っている。

だが知っていることと、知りたいと思うことは別なのだとわかった。この熱をもっと知りたい。もっと感じたい。もっと、もっと。

(……わたくし)

高まった熱のせいで目が潤んだ。熱を帯びた吐息をこぼしたとき、脚の間——繊細な女の部分がふるえた。

「殿下」

まるでそれを感じ取ったようにレオルディドの顔が下げられ、息が耳朶に触れた。

「どうか、お顔をそのまま上げてください」

「か、顔、を?」

間近にあるレオルディドの肌の熱を感じながら、エメリーヌは心臓がこぼれ出るのを恐れるように息を止め、言われた通りにした。

レオルディドは顔をしかめ目を狭めている。眉間のしわが深い。険しい顔。怒っているような――それが急に視界にぶわりと広がって、なにもわからなくなる。

「俺は石ではありません」

「……んっ」

唇がふさがれた。
(キス)
頭の中でなにかが爆発し、理解した。キス。レオルディドの唇が触れている。

(わたくしの唇と)

髪や耳と同じくそこも鍛えようがないのだろう、男の唇は思いがけず柔らかく、優しくエメリーヌを包んでいる。

「は……」

頭の芯まで溶けたのか、なにも考えられなくなった。エメリーヌは硬い身体に夢中でしがみつき、初めての経験に酔いしれた。

(飛んでいる気がする……)

スタリー鳥に入っているときの浮遊感に似ていた。だがそれだけではなく、鳥の中からポンと弾きだされて落下していくような――そして甘くトロリとした蜂蜜の中に浸っていくような……そんな……。

「……失礼いたします」

遠くでオレリアの声が聞こえた――気がしたときにはレオルディドは唇ごと離れていて、両肩に残された大きく熱い手に支えられていた。

ぼうっとした視線を巡らせると、開いた扉の前に、不自然な方向に頭を下げる女性が立っていた。

「オレリア……？」

「大変、失礼いたしました」

忠実な侍女は顔を上げないまま言った。

「お邪魔をするつもりは毛頭なかったのですが……」

「オ、オレリア、だいじょうぶよ。邪魔なんて、そんな」

エメリーヌはよろけるようにして一歩、下がった。そうして離れようとしたのだが、レオルディドは許さなかった。

「侍女殿、なにか？」

彼はオレリアにそう問いながら、所有を示すようにさりげなく腰に手を回してきた。

（まあ！）

エメリーヌはギュッと目を閉じた。瞼《まぶた》の裏が赤く明滅する。気を失いそうだ。そうなった

ら間違いなくスタリー鳥に入ってしまうだろう。そして飛んでいく。

どこまでも飛んでいってしまう……。

だが、もしそうなっても倒れることはないとわかっていた。レオルディドがそばにいてくれる。しっかり支えてくれている。

(幸せ)

顔が熱くて火のようだ。頭のてっぺんから煙が出ているのだろうか、オレリアが上げた目をうろうろさせているのは、その煙を追っているからなのか。

「オレリア?」

「は、はい」

侍女は気を取り直したように息をつき、扉の外にちらりと目をやった。

「ええと、ですね、殿下。親交を深められているところのようですが……ヴィエント国王太子妃殿下がいらしておりまして」

傍らで、う、と奇妙な唸り声がした。どうしたのかしらと思いながら、エメリーヌはオレリアに確認した。

「お姉様がおひとりで?」

「はい」

ロザンナはフェインダースの第一王女の時代から使っていた部屋を二段宮にも持っている。

彼女はいつもそこから精力的に動き、生国とヴィエントとの懸け橋に努めているのだ。

そんな忙しい姉が気にかけてくれるのが嬉しいような、申しわけないような——でもなぜいまなのかしら……と若干の苛立ちを飲み込んで、エメリーヌはため息をついた。

「すぐにお通しして」


部屋に入ってきたロザンナは挨拶もそこそこに、部屋の奥、壁際に並ぶ椅子のひとつに腰を下ろし、エメリーヌにも隣に座るよう促した。

彼女はくすんだ緑色の地に金糸で小花の刺繍を散らし、胸元と裾、袖口にごく薄いレースのついたドレス姿だった。そして金細工の短い首飾りに嵌《は》められた大粒のエメラルドの光を見せつけるように顎を上げた。

「急な話でしたから、わたくしも遅刻には目をつぶるつもりでした。……いえ、いいのですよ、謝罪はいりません。どのみち話が済み次第、ここには寄らせるつもりでした。あなたたちの結婚は決まりましたから、王女の部屋に足を踏み入れてもとやかく言われません。ですが……まさかまっすぐこちらに来ているとは思いませんでした、団長？」

「申しわけございません」

ひとりだけ立っている——まるで立たされているようなレオルディドは、部屋の中央、斜めに落ちる窓の日射しの縁の外から頭を下げた。

「二段宮に向かう途中、道を間違えたようです」

ロザンナはフンと鼻を鳴らした。

「そういうことにしておきましょう」

「ありがとうございます」

「まあ、あなたがスタリー鳥を抱えていたという報告も上がっていましたから、こちらに来たのは妹を案じたのだと、そういう理解でいいのかしらね」

「まあ、スタリー鳥を？」

エメリーヌが口を挟んだ。レオルディドが叱られている状況は見過ごせない。姉への敬意をいったんわきに置いて、身を乗りだす。

「ご迷惑をおかけしたのでしょうか？　あの子たちはわたくしを通していろんなことを知っていますし、なにか……」

「エメリーヌ」

お姉様が遮る。

「わたくしはね、午後の私的なお茶に団長を招いたのです」

「レオルディドを？」

呼び方の違いに気づいたロザンナが、青い目をキラリとさせた。しかしエメリーヌとレオルディドにとって幸いなことにそこは流された。

「ふたりで話したいと思ったのです。あなたのことをですよ」

「そうですか。ではお姉様、こちらでお茶を」

オレリアに目顔で合図をすると、心得ている侍女はすばやく外に伝えに行った。

「それで、レオルディドとはどんなお話を？」

「あなたが結婚後、どうするかですよ！」

姉は声を高くした。椅子のわきにあるエメラルド色のテーブルに手を置いてグイと身を乗りだし、エメリーヌを睨む。

「どういうことなの？　あなた、黒騎士団の団領に移ると言ったそうね。お母様からお聞きしてわたくしは唖然《あぜん》としたわ。この結婚には、あなたを王宮に残す意味もあったのですよ。どういうことなの！」

「まあ、お姉様。申しわけありませんでした」

エメリーヌはとりあえず殊勝に謝罪したが、にこにこして続けた。

「ですが、妻は夫と一緒にいるべきですもの」

「なぜ、そんな……」

「わたくしはレオルディドのそばにいたいのです」

「あなたの考えについては色々と質《ただ》したいことはありますが……」

ロザンナは痛みに襲われたように頭を抱えた。

「わたくしは……ああ、そうです、団長の考えを伺いたいと思ったのです。団長？」

レオルディドはすぐには答えなかった。どこかぼんやりとしているような、そんな表情をしてエメリーヌを見つめている。

「殿下、団領に……？」

エメリーヌは元気に「はい」と答えた。

「結婚後は王宮を出て、王都からも離れて、あなたとともに過ごします」

「お待ちください」

レオルディドは指先でコツコツと眉間を叩き、指を当てたまま顔を伏せた。

「……団領は辺境です、殿下。王宮のような緑の美しさも瑞々しさもありません。城は防備のための砦。汚れていて埃《ほこり》っぽい」

「そんなもの……」

「いえ」

顔を上げたレオルディドは、声に厳しいものを含ませた。

「カルディア国との戦いはいつはじまるかわからない。そうなれば最前線です。そんなところに殿下を？　だめです」

「その通りです」

ロザンナはようやくレオルディドに満足したように頷き、エメリーヌにはしかめた顔を見せた。

「あなたには無理ですよ、エメリーヌ。あなたはまさにスタリー鳥なのですから」

女神の鳥、女神の使い――スタリー鳥は王宮にしかいない。エメリーヌも王宮を離れては生きていけないのだと、そう言っているのだ。

「お姉様、スタリー鳥も連れていきます」

「なんですって？　なにを言っているの？」

ロザンナは声を裏返し、気が狂ったのかと疑うように妹を凝視した。

「あの鳥はあなたの持参金ではないのよ？　そもそも神殿が許すはずないでしょう？　女神の使いですし、数が減っているのよ？」

スタリー鳥は大切にされていたが、近年、総数は二十羽を切ってしまった。いずれはいなくなるだろうと神殿は予想し、これも女神の意思だとする見解を表明している。

エメリーヌはそのことを伝えてから、姉に言った。

「神殿の許可はずいぶん前に得ていたのです。本神殿長様が勧めてくださいました。わたくしの力はスタリー鳥と意識を同化させるものですから、それがなくなるまではそばに置いたほうがよろしいでしょう、と」

エメリーヌはにっこり微笑んで話を終わらせた。そして椅子から立ち上がり、まっすぐにレオルディドを見つめる。

「わたくし、王宮には残りません」

「殿下……」

「カルディア国との戦いがはじまるとも限りませんし、万一、そうなった場合にも、わたくしにできることはあると思います。もちろん、邪魔になるようならすぐによそに移ります。試す前から否定することはなさらないでください、お願いです」

「——わたしからもお願いしよう」

レオルディドの背後、開いたままの扉からシリル・ソーヴが入ってきた。

「シリル、帰ったのではないの？」

「レオルディドが現れたと耳にしまして、これは見逃せな……いえ、友人の顔を見ていこうと戻った次第です」

公爵という地位にふさわしく濃緑色に金を配した華麗な衣装を身につけていたが、まるで侍従のように両手で銀盆を持っている。それを掲げたシリルは、ははは と笑った。

「ついでにそこで受け取ってきました」

そして足音を消す絨毯を横切り、エメリーヌとロザンナの間のテーブルに銀盆を置く。

「さ、お茶をどうぞ」

「どうぞではないわ、シリル」

ロザンナは呆れて従兄弟を見上げたが、ふわりと広がった茶の香りに鎮静作用でもあったのか、気が抜けたようにため息をついた。

「……あなたは心配ではないの？」

「わたしの持ち城を貸してほしいと頼まれたとき、色々と殿下のお考えをお聞きしました。わたしは賛成ですよ、エメリーヌ殿下はなかなかに強《したた》かであられる」

「どういうことだ、シリル。なぜ俺に言わなかった」

レオルディドは一歩詰めて友人に迫った。

「なぜおまえが先に殿下から相談されるんだ」

「……ああ、うん」

シリルは目を狭めてレオルディドを見やり、笑いをこらえるように口元に手を当てた。

「わたしの領地は隣だからね、殿下が団領に移られた後もなにかと手助けしてやれる」

「そんなことを頼んではいない」

「レオルディド」

エメリーヌはドレスの裾を持ち上げ、歩み寄った。

「わたくしと一緒に暮らしていくのは……嫌ですか？」

レオルディドはハッとしたように目を見開いた。黒髪の内側でなにを考えたのか、厳《いか》ついと言ってもいい顔がじわじわと赤くなっていく。

「……それは、光栄なことです」

「嬉しいことですか？」

「もちろんです」

「――では、決定ね」

エメリーヌの背後、椅子に座ったままのロザンナは平らな声で言い、王都随一の工房で作られた繊細なカップをテーブルに戻した。

カシャン、とその音だけで職人はふるえ上がっただろうが、カップは無事だった。肩越しに姉を見たエメリーヌがつい安堵の息をつくと、視線を合わせてロザンナは頭をゆっくり振った。結い上げた金髪が、日射しの下できらきらと輝く。

「結婚の儀式は王宮の神殿、披露を兼ね王都の中央道を行進《パレード》、そのままシリルの城で招客とともに晩餐《ばんさん》。後日、そこから団領に出立」

役人の報告のようにきびきびと言って、ロザンナは異議を許さない視線をレオルディドに向けた。

「あなたの城砦にある居館も……居館はあるのよね？　そこにもある程度、手を加えないといけないでしょうね。エメリーヌはこう見えても王女なのですから」

レオルディドはすぐには答えなかった。しかしほどなく大きく息を吸って胸をふくらませると、正面のエメリーヌに向き直り、どこかすっきりした顔で笑んだ。

「瑞々しい植物もなく、夜毎《よごと》の晩餐も、舞踏会もない……なにもない場所です。風は乾燥していて荒い。城砦も街も色に乏しく、喧《やかま》しいところです。それでも構いませんか？」

「ええ」

あっさり頷いて、エメリーヌはうふふと笑った。

「あなたがいてくれるだけでいいのです」

レオルディドはごほんと咳払いした。

「……城砦の奥に館はあります。そこに殿下が過ごしやすい部屋を作りましょう、すぐに」

「ありがとうございます、お任せします」

「お任せできませんよ、殿下」

シリルが苦笑しながら手を挙げた。

「わたしが手を貸しましょう。そもそも騎士団の連中が整える部屋など！　飾りに武具どころか敵の首でも置かれたら大変ですよ」

「そんなものを置くか！」

嚙みつくように返したレオルディドを無視して、シリルはエメリーヌとロザンナの姉妹にそれぞれ微笑んだ。

「我がアルシーク公領はご存じの通り、加工や細工の技術でも有名です。それに北の隣国がイヤからの輸入品もある。ガイヤは獣人の国ですから、毛皮の扱いは心得たもの。逸品ですよ。結婚祝いに贈らせていただきましょう」

「まあ、ありがとう」

「辺境からの風は冷たいですから」

シリルはわけ知り顔に頷き、狭めた目で友人の騎士を見た。

「そうだろう、レオルディド？」

「……感謝する」

「礼なら、そういう顔で言ってもらいたいものだな」

ひとしきり笑ってから、シリルはロザンナに向き直った。

「さて、忙しくなりますね。議会の承認、陛下の裁可。黒牙城砦に手を加え、その前に我が城での支度も。そう、ロザンナ殿下にも宴にご出席願いたいところ。ご滞在中にどこまでできますか」

「間に合いますよ」

ロザンナはあっさり言って、寂しげに微笑んだ。

「わたくしは冬までここにおりますし、それとは別にしても、ふたりの様子を見るにそこまでは待てないようですからね」

「まあ、お姉様。でもお願いいたしますわ」

エメリーヌは淑《しと》やかに微笑んで、レオルディドを窺った。

はやく結婚したい――そう同じ気持ちでいてくれるだろうかと不安だったのだ。

彼は視線を合わせてくれたが、頰のあたりが強張っている。

それが羞恥のためなのか、あるいはべつの理由からなのか、エメリーヌにはわからなかった。

四章　もっと触れたいのです

1

「あなたも黒騎士団領に行ってくれて心強いわ」

ロザンナがそう言うと、オレリアの手が止まってしまった。

「もったいないお言葉です、ロザンナ殿下」

「どうなさったの、お姉様。いきなり?」

エメリーヌは姉に笑いかけながら、背後に立っているオレリアに続きを促した。

髪は艶々が望ましい。乱れなく、美しく。

(何度も撫《な》でたくなるようにしてほしい)

オレリアはふたたび作業をはじめ、手際よく梳いていった。櫛《くし》には薔薇の精油を垂らしたので、ふわりと香気がたつ。

エメリーヌは鼻腔《びこう》をくすぐるそれに満足して微笑んだ。

(薔薇の香りに、素敵なお部屋)

シリルの持ち城は王都の郊外、青白い肌を見せて立ち聳える山の麓にあった。

それほど大きいものではなかったが、金色の円錐形《えんすいけい》の屋根を乗せた尖塔《せんとう》が連なり、整然と並ぶ窓がサファイアのように輝く美しい城だ。近くの川から引き込んだ巨大な人工池に囲まれていたので、一見、水に浮かんでいるようで幻想的でもある。周囲の水は防備のための堀ではなく、城の外観を水面に映して楽しむものだった。

いくつかある塔の最上階が、初夜を迎える王女のために用意された。

屋根を支える柱と、天井に渡された梁《はり》だけが黒い。淡青色の壁の一面は大きな暖炉で、花々を模した華麗な装飾はすべて金色に塗られていた。炉床にある炎がそれをきらきらと瞬かせている。

部屋の中央にある円形のテーブルの天板、モザイクで月と星の輝く夜を描いたその上に置かれた燭台《しょくだい》は大きく、針葉樹のような形をしていた。蠟燭《ろうそく》はそこにみっしりと生えた葉のように用意され、灯された火が部屋を照らしている。

「……最高神殿で結婚の儀式。王都の中心を行進。そしてこの城へ」

「お姉様?」

「これからがはじまりですよ、エメリーヌ」

明かりを斜めに受けるロザンナが、思慮深げに首を傾げた。

「あなたが心配ですよ、まったく……」

「まあ、お姉様」

木製の花輪型装飾《リース》で縁取られた鏡に映る姉と視線を合わせ、エメリーヌは目を細めた。

「でもオレリアが一緒にいてくれますし、安心です」

「ほんとうに安心ですよ。だから心強いと言ったのです」

「お姉様ったら」

「オレリアだけではなくて、ほかの人たちもいますからね。それにシリルも約束してくれましたし……」

「シリルがなにを約束したのですか？」

「あなたを気にかけることですよ、もちろん」

ロザンナは鼻を鳴らした。

「アルシーク公領は隣ですもの、あなたもなにかあったらシリルを頼りなさい。わたくしからもよくよくお願いしておきましたから」

シリルとロザンナは同い年ということもあって、昔から仲がよかった。

エメリーヌはふと気づいた。ロザンナがヴィエントに嫁いだころから、シリルはアルシーク公領からあまり出てこなくなったのだ。

(お父様たちがどれだけ勧めても結婚もしないし……シリル……？)

しかし従兄弟の気持ちがどうであれ、ロザンナが気になっているのは妹の幸せだけらしい。

彼女は頬に手を当て、はー、とため息をついた。

「わたくしはそろそろヴィエントに戻らなくてはなりませんしね……」

「お義兄《にい》様によろしくお伝えください、素敵な品々を贈っていただきました」

「ええ、伝えておきましょう」

「わたくしの甥にもいつかお会いしたいものです」

「そうですね、できましたらね」

ロザンナが目を伏せたので、エメリーヌは自分の失言に気づいた。

姉は嫁いですぐヴィエントの王太子との間に息子をもうけたが、竜《ドラゴン》に守護される彼の国では、直系の王族は竜とともに育てるという独特の慣習があって、ヴィエントの血を引かないロザンナは息子にさえそうそう会えないらしい。

王太子との不仲も聞こえてくるが、それが姉の顔にときどき過ぎる陰の一因なのだろうか？

(それなのにわたくしの心配まで)

胸が潰れる思いがした。

「お姉様、わたくしはだいじょうぶです」

　エメリーヌは椅子の上で振り返り、オレリアの手が離れるのを待って立ち上がった。繊細なレースで飾られた、足元までストンと落ちる寝間着の裾をさらさらと揺らして歩み寄ると、ロザンナは眩しげに目を眇めた。

「そうですね、大人になりました。綺麗になって……ええ、今夜はとくに綺麗ですよ」

　両手を伸ばして妹の手を握り、姉は頷いた。

「よかった、温かいこと。緊張で冷たくなっていると思いました」

「緊張はしております」

「心配ありません、なるようになるものです。万が一、無体を強いられたときは声をあげなさい。すぐに助けに行きます」

「……」

「もっとも、レオルディドなら安心でしょう。身体は騎士らしく大柄ですが、とても礼儀正しく慎重です。壊れものを扱うように優しくしてくれるでしょう」

「…………」

　エメリーヌは顔を赤らめた。

　姉の言葉は淡々としていた。それだけにどう返事をしていいのかわからない。

　ロザンナは子供も産んでいるし、王女――とくに第一王女として、王族の結婚は義務であって、身体の交わりも恥ずべきことではなく当然のことだと教育されている。

エメリーヌも同じように教えられてきたが、だからと割り切れるものではなかった。

「では、そろそろベッドに入りなさい」

もじもじする妹を置き去りに姉が指示をする。

エメリーヌが目を向けた先には、四柱式の寝台があった。

天蓋から垂れるのはフリンジで飾られた淡黄色の幕で、さりげなく両面を開けられたその幕の合間に、鮮やかな青い花が描かれた薄布が吊られている。その裾がひらりと揺れて花がこぼれ落ちたような、そんなふうにも見える同じ青い花柄の上掛けで覆われていた。

「ベッドに……」

呟きが終わらないうち、ロザンナの手に引っ張られた。その横をオレリアがすばやく回り込んで、ベッドの端から上掛けをめくる。

「どうぞ」

半ば押し上げられるようにしてベッドに入ったエメリーヌは、薔薇の香りとともにさらりとこぼれた金髪を肩から払い、見開いた目で姉と侍女を見上げた。

「で、でも、まだレオルディドが」

「横になって待つのがいいのですよ。自分も落ち着きます。男性は勝手に服を脱いで入ってきますから、あなたがなにかをする必要はありません」

ロザンナは自ら手を伸ばし、めくられた上掛けの縁を持って微笑んだ。

「さ、エメリーヌ」

圧に押されたようにふらふらと頭を倒したエメリーヌの上に布がかけられた。

少しひんやりとした感触が馴染む前に、ロザンナがそのまま包むようにパンパンと叩く。

「頑張るのですよ」

「が、頑張ります……」

「よろしい」

姉は満足そうに頷いた。

「では、わたくしたちはここまでですね。行きましょう、オレリア」

「はい」

ふたりが下がれば、レオルディドがここに来るのだろう——と思った途端、心臓がきゅうっと縮んだ。それは、テーブルの上にあった大きな燭台からひとつずつ火が消されるにつれ、強くなっていくようだった。

蠟燭消しを使うオレリアの影が暗闇に溶けて見えなくなると、ほどなくパタンと音をたてて扉が閉められた。

蠟燭は二、三本、火がついたまま残されていたが、ひどく暗いところに取り残された気がする。巨大な暖炉の中でちろちろと燃える炎さえも、暗闇を払うことはなかった。

(初めての夜……)

不安や期待、いろんなものが混じった感情があふれ、全身をふるわせた。

エメリーヌは上掛けの下で両手を組んだ。

(だいじょうぶ。だいじょうぶよ！)

不安はない。レオルディドは高潔な騎士、忠誠篤《あつ》い人だ。そして優しい。

ふたりの結婚は異例の速さだったが、このひと月、何度も顔を合わせてきた。

小広間でのお茶や、庭園での散策、ときには小規模ながら晩餐にも出席した。

レオルディドは団領との行き来もあって大変だったはずだ。団領の中心、黒牙城砦までの旅程は、馬を飛ばしても三日ほどになる。山越えがあるためだ。彼はこれをすべて二日でやりくりし、空いた時間をエメリーヌと過ごしてくれた。

(わたくしの好きな人)

十四歳のとき心に刻まれた騎士、初恋の騎士というだけではない。レオルディドへの思いは、このひと月でより深まった。

再会するまでの五年の間、心に刻まれた形を何度もなぞるうち、自分の好みのままに変えていてもおかしくはなかった。だから王宮の庭園での出会いにあれほど緊張したのだ。不安だった。思っていた騎士とは違うのではないか、と……。

(……でも)

彼は心に描いていたどんな騎士より素晴らしかった。

きっとこれから、もっと好きになっていく。今夜を不安に思うことも、怖がることも、恥ずかしがることもないのだ。

それに、と胸中で呟いたエメリーヌは、頬が火照っていくのを感じた。

(い、いちゃいちゃもしてきたもの……)

「……ぅふふ」

口元がゆるみ、声が漏れてしまう。

ふたりきりのときレオルディドは、どうぞ、と同じ渇望を秘めた声でエメリーヌが近づくのを許してくれた——いや、きっと、触れと命じていたのだ。

手に。髪に頬に。そして唇に。

誠実な騎士らしく自ら積極的にエメリーヌに触れようとはしなかったが、最後にはいつも優しくキスを返してくれた。

(胸がきゅっと苦しくなっても……そういうときも、だいじょうぶだったもの)

レオルディドと過ごす甘いひととき、胸の骨が砕かれそうなほど心臓がバクバクしても意識を失うことはなかった。

(今夜……ほんとうに夫婦に……)

「……殿下」

「はいっ」

天蓋に吊るされた薄布の向こうに大きな影が差し、呼びかけられた。

エメリーヌは声を裏返して返事をした。上掛けの下の身体が強張る。音はまったくしなかった。気配も。いつ部屋に入ってきたのだろう？

「レ、レオルディド……なの？」

見開いた目だけをぎくしゃくと動かし視線を上げていくと、影をぼやけさせていた薄布が払われた。

背後の明かりに輪郭が赤く浮かぶ大きな影が、ゆっくりと屈んでくる。敷布についた手の下で、ギシと寝台が軋んだ。

エメリーヌに近づけられる顔に陰影が揺れ、口元が一瞬、笑むのがわかった。

「俺以外、あなたのベッドに来る男はいません。いたら……殺します」

「レオルディド」

物騒な言葉に心臓が暴れだしたが、恐怖のせいではなかった。エメリーヌは胸を締めつける甘い苦しさに言葉を詰まらせ、男の目を見つめ返した。

わずかな沈黙ののち、レオルディドは繰り返した。

「ほんとうに殺します」

「え？　ええ、そうね。そのときはお願いします」

エメリーヌは両手を出し、上掛けをめくった。

「は、入られます？」

「……」

レオルディドは身体を起こし、はー、とため息をついた。

「少しお待ちください」

「ええっ？」

「はじめてしまったら、俺はとめられない。あなたを気遣うことがとても難しくなります」

「……」

「殿下、話をしながら……その……手をつないでみたり、まずは慣れましょう」

「いちゃいちゃを？」

「そうですね、そんな感じです」

「で、では」

エメリーヌは起き上がり、身体をねじってレオルディドを見上げた。

目が慣れてきたのか、夫になった男の様子が見極められた。くつろげた胸元に紐《ひも》の下がる丈の長い白シャツ、ゆったりとした脚衣。短い髪は少し乱れているようだ。

（まあ……）

エメリーヌはうっとりした。同時にゾクゾクするような、戦慄に似たものが背を走った。

騎士服をつけたレオルディドしか知らなかった。銀色の徽章きらめく黒い外套をひるがえす彼を見ては胸をときめかせてきた。

しかし騎士の装いを外した姿はまた格別だった。目が離せない。

「殿下、寒くはありませんか」

妻の視線に含まれたものに気づいているのかいないのか、レオルディドは平素と変わらぬ声で訊き、エメリーヌの寝間着に包まれた細い肩に目を落とした。

「平気です……い、いえっ、寒いかしら」

「では暖炉の火を」

「いいえ！」

エメリーヌは慌てて両手を伸ばし、背を向けようとした男のシャツの裾をつかんだ。

「あなたがここにいてくだされば温まると思うのです……！」

「……なるほど」

レオルディドは重々しく頷いた。

「では、失礼いたします」

男の片膝が乗り上げられ、寝台がギッと音をたてた。

レオルディドはそのままベッドに座り足を伸ばし、覆い被さるようにして太い腕を回してくる。温かな手が背に当てられ、もう一方の手は上掛けごと両脚を包むように。

そしてひょいと持ち上げられた。

「……っ」

エメリーヌは息を飲んだ。寝台が揺れ、そして視界も揺れる。

頭の中も揺れている。

（わ、わたくし、大変なことを言ってしまいました）

レオルディドにぴったりと寄り添う形になったエメリーヌは、めまいをこらえてギュッと目を閉じた。鍛えられた胸元、さりげなく腰に回されたままの太い腕。そして柔らかさがまったくない足の上に座らされて……。

（……なんということでしょう）

これまでのいちゃいちゃよりずっと密度が濃い接触だ。

頭の芯まで焼かれている気がした。

エメリーヌは寝間着、レオルディドもシャツをまとったままだが、それらが障害になるはずもない。

むしろ互いの体温は布越しに混ざり、もどかしいほどの熱を帯び広がっていく。

（こんな……！）

エメリーヌは心の中で悶《もだ》えた。

2

「これで寒くはありませんし、心の準備ができます」

「は……はいっ」

レオルディドの顎は、ちょうど頭の天辺《てっぺん》に触れるか触れないかのところにある。彼はそのまま話しているのだが、低い声はエメリーヌの身体の中で響く。

(寒いどころではないわ)

くらくらする。

「ところで殿下」

「はいっ」

「前々から確かめたかったことがあるのですが」

「はいっ」

飛び上がるようにして返事をしていると、レオルディドの身体が揺れた。くっ、と押し殺した声が、髪の毛を揺する息とともに耳に届く。

「レオルディド？」

「……失礼いたしました」

顔を上げると、レオルディドは腕の中のエメリーヌを揺すり上げるようにして位置を直し、顔を傾けて視線を合わせた。

「殿下が緊張されますと、俺も焦ってしまいます。力を抜いて少し話をしましょう」

「は、はい……そうですね」

(とても落ち着けないけれど)

それでもエメリーヌは呼吸を深くして、心臓をなだめた。

蠟燭の火と暖炉の炎が投げかける赤い光が、ベッドの上に柔らかな陰影を作りだしている。あえかなその明かりに浮かぶ自分が、彼の目に綺麗に映りますようにと祈りつつ、顔を上げて微笑んだ。

「それで、なにを確かめたいのでしょう?」

「ああ、その……いまさらではあるのですが。殿下にお会いしたのは……アルシア殿下のご葬儀が最初でした」

エメリーヌの心の傷に触れるのを恐れるような、静かな声だった。そんなレオルディドにだいじょうぶですよと伝えるため、エメリーヌは笑みを深めて頷いた。

「そうです」

「その後は顔を合わせていません。殿下は……なぜ、俺を？ 俺は王宮にもそれほどとどまらず、戦場にいた男です。なぜ俺を……好ましく思ってくださるのか」

「レオルディド」

エメリーヌは身じろいで距離を開け、指先でそっと男の頬に触れた。

「わたくし、アルシアの葬儀が終わり……この数年間、スタリー島に入って空を飛んでいても、どこかで心が苦しいままでした。そういうときに思いだすのは、いつもあなたの言葉でした」

「……」

「あなたにもう一度会いたいと願うようになっていったのです。あなたと会って、話して、この心をもっと大切にしたかったのです。あなたとならそうできるのではないかと思っていました。こうして妻にしてくださって、とても嬉しいわ。ありがとう」

「……俺はこの結婚を命令だと思っていました」

「命令？」

「はい。おそらく陛下からロフル公爵、そしてシリルと人伝えにするうち、どこかで変わってしまったのでしょう。でも、よかった」

「よかった？」

「命令だ、仕方ないと思いながら王宮に来ました。命令だと思わなければ……足を運ぶこともなかったかもしれません。どこで違ってしまったのかわかりませんが、いまとなっては感謝いたします」

「わたくしこそ、よかったわ」

エメリーヌはこらえきれず、くすくすと笑いだした。

もしかしたら断られていたかもしれない結婚——だがそれを正直に言ってしまうレオルディドが、ほんとうに愛《いと》しく思える。

「でも断られていたとしても、わたくしきっと団領にまで押しかけましたわ」

そう言うと、レオルディドは苦笑した。

「そういえば殿下には一度、お手紙をいただきました。そのようなことも記してあったと記憶しています」

「まあ、覚えていらっしゃったの？」

エメリーヌは声とともに背筋を伸ばし、目の高さを合わせた。両手で男の頬を包んで、キッと睨む。

「ラーツ戦争の後でしたわ、三年前です。ご活躍を耳にして……わたくし、フェインダースを救ってくださったことの感謝と、自分の気持ちを伝えたかったのです。なのに、あなたは王宮には来てくださらなかったでしょう？　それで勇気を出して手紙を書いたのに」

そのころ、レオルディドはまだ団長ではなかった。停戦後、当時の団長が王宮に凱旋《がいせん》しても、彼は戦場となった辺境ラーツに残って事後処理に当たっていたのだ。

「……お返事をくださらなかったわ」

いつまで待っても返事がなかったことは、繊細な年ごろだったせいもあってエメリーヌの心をひどく傷つけた。

もちろん、当時、彼に宛てたのは自分だけではなかったことも、レオルディドが多忙だったこともわかっていた。それでも返事が欲しかったのだ。あのときも。いまも。

そう、いまも思っている。いまだに。

(こんなにも……待っていたのね、わたくし)

「殿下」

波立つ心を読み取ったようにレオルディドの目が見開かれた。

「申しわけありません。その、とても美しいお手紙で……紙も、文字も。いただいたお言葉も、もったいないほどでした。それに団領を訪ねたいと……戦いが終わったばかりでしたし、俺には判断もできないことでした。どのように答えるべきか迷ううち、機を逸してしまったのです」

真摯に答えてくれる姿に、エメリーヌは微笑んで手を下ろした。

「あなたをとても悩ませたのですね」

「そのようなことは……」

レオルディドは目を見開いた。そしてふと、黒い悪魔と呼ばれる騎士には似つかわしくない、子供のような顔で笑った。

「いいえ、おっしゃられる通りです。自分で思うより悩んでしまって、結局、放りだしたのでしょう。ほんとうに心から謝罪いたします」

「わたくしこそ、ごめんなさい。あなたに笑ってほしくて拗《す》ねた物言いをしましたが、わかっております。ありがとう」

「いいえ、俺が悪かったのです、ほんとうに。忙しさを言いわけにしていました。返事を書く時間もないのだと、そんなふうに自分を納得させていたのです。殿下」

レオルディドが言い終えると、ふと、沈黙が落ちた。

淡い光が揺れる暖炉から、パチと火花が散る音さえ聞こえそうだ。心臓の音もきっと聞こえるだろうとエメリーヌは思った。

(こんな……姿のまま、ただ話していたなんて)

寝間着一枚で触れる男の脚は、ひどく硬く重そうだった。身体も厚みがあり、直線的で、女とはまったく違ってどこもごつごつとしている。

自分がひどく華奢に思えた。ベッドに入ったとき軽々と扱われたことを思いだすと、恐怖にも似た気持ちに腹の奥をきゅっと締めつけられる。

(怖いのではないわ)

エメリーヌは両手を握り締めた。

「エメリーヌです」

「殿下？」

「そう呼んでください。結婚後に呼び方を考えると、あなたが言ったのです。……い、いまは夜で、ふたりきりですから……」

レオルディドはハッとしたように息を飲んだ。彼の太い首にある骨の突起が、ごくりと動く。

「殿下」

「エメリーヌと」

座り心地のよくない男の脚の上でそっと身じろぐと、上掛けが滑り落ちてさらさらと衣擦れの音をたてた。

そのかすかな音に惹かれたようにレオルディドの視線がスイと落ちる。寝間着の裾はめくれていて、膝から下がむきだしになっていた。

「エメリーヌ……」

レオルディドの声がかすれた。

背をさりげなく支えていた大きな手が滑り落ちていく。もう一方の手でそっと後頭部を押され、しまい込むように抱き締められた。

「……あなたを大切にします」

「レオルディド」

密着し、一気に熱が上がった。身体の中まで熱い。

胸が苦しくなってきて、エメリーヌはすがるように男の肌に爪を立てた。

レオルディドは驚いたのか、動きをとめた。エメリーヌはその肩に手を置いて伸び上がり、ぶつけるようにして唇を押し当てた。

「ん……っ」

ガチ、と硬い音がした。歯がぶつかったのだ。

反射的に身体ごと引いたが、男は許さなかった。強く抱き締められ、唇を重ねられる。

(キス……)

何度か経験していた。けれど、これまでしていたようなものではなかった。レオルディドの顔が傾き、口づけが深まる。

「あ……っ」

驚いて仰け反った頭を、指を広げた手に支えられた。太い指が一本一本、髪に潜り込んで、グ、と頭部をつかまれる。

「口を、開いて」

「や、あ」

「エメリーヌ」

ささやきながら、レオルディドは舌先でエメリーヌの唇を突いた。何度目かに、あ、とこぼれた声とともに唇が開くと、すぐに舌が差し込まれた。

濡《ぬ》れた柔らかな甘さを堪能するように、男の舌はエメリーヌに触れていく。舌が絡められ、こすられる。くちゅ、と水音が口中で響く。

「ん、あ、あぁ……」

淫らな反響で頭がぼうっとしてきて、エメリーヌは行為に夢中になった。

男の肩をつかんでいた手を首に回してしがみつき、胸を重ねる。寝間着の薄布越しに、胸の先端がレオルディドの肌でこすられた。

その刺激は、経験したことのない強い快感だった。

全身がふるえてしまう。痛いほどのなにかが身体のどこからか湧き上がってきて、あちこちで燻《くすぶ》っているようだった。もどかしさに身悶えして声を上げる。

「あ、あっ……レオルディド、おかしく、なりそうです……っ」

ぎゅっと抱きつくと、レオルディドは一瞬、呻いた。そしてエメリーヌに抱きつかせたまま、その細い身体に片腕を巻きつけて反転させる。

「……っ」

エメリーヌはふたたび敷布に倒れていた。仰向《あおむ》けに。そこに、まるで蓋をするようにレオルディドの身体が重なってくる。片肘をついて体重をかけないようにしているようだが、圧迫感だけで動けなかった。

そして、それが心地よかった。

柔らかな明かりに浮かぶその顔に、じっと見下ろされていることも。

「エメリーヌ」

世界にただひとつだと告げるような、切羽詰まった声で呼ばれることも。

エメリーヌはそっと両手を上げ、男の顔に触れた。レオルディドは火を押しつけられたように息を飲んだが、エメリーヌはそのまま撫でるように何度も触れた。

頬から額、鼻、唇……荒々しい顔だ。怖い顔。

日に焼けて浅黒い肌、灰色の目、黒い髪。

(アルシアじゃない)

双子として生まれ、互いの輪郭さえ曖昧になるほど近くにいた半身とはまったく違う。

だが、この人だ、と思った。アルシアを失ってから欠けてしまった心——それを満たしてくれるのは、この人だけなのだ。

レオルディドの首に手を回して顔を上げたエメリーヌは、ざらついた男の顎に唇を押し当ててささやいた。

「愛しているわ、レオルディド」

3

渾身《こんしん》の告白だったのだが、レオルディドは身体を強張らせただけだった。

自分が間違えたことをしたのかと、エメリーヌはヒヤリとしながら唇を離す。

怒らせたのだろうか？

王女らしくない？　はしたない？

(お姉様の言う通り、ただ黙って横になったまま任せてしまえばよかったの？)

「……ごめんなさい」

手を外し、力を抜いて倒れる――だが敷布に頭がつく前に、たっぷりとした髪ごとすくうようにして抱き上げられた。

は、と息を飲むと、レオルディドは聞き慣れない言葉を短く呟いて、食いつくように唇を重ねてきた。

「あん……っ」

口づけをしながら、ゆっくりと倒される。

頭の下から引き抜かれた手に追いすがるように、金色の髪が乱れて敷布に広がった。

ふわりと薔薇の香りがたった気がしたが、それも一瞬だった。意識のすべてが、自分を抱く男へと集中する。

「ふ、あ……っ」

荒々しい口づけだった。何度も舐《な》め、こすり、吸われる。唇がぽってりと腫《は》れていく気がした。実際、ジンと痛んでいる——が、もっとしてほしかった。

「レ、オ……?、あ、あ、レオルディド……ッ」

ぎこちなく身じろぐと、それを合図にしたようにレオルディドは解放してくれたが、男の唇はそのままエメリーヌの滑らかな頬に触れていく。乱れた髪に鼻を突っ込むようにしてエメリーヌの耳を探し出し、耳殻を咥《くわ》えた。

「……やっ」

耳が熱い。とんでもなく熱く、敏感になっている。

そこを男の唇と舌が舐めていく。エメリーヌ、とかすれた声が、外に漏らすのも惜しいとばかり息とともに吹き込まれる。

「エメリーヌ」

「やっ、あ……っあん」

エメリーヌは逃げるように仰け反った。両手で男の肩を押すが、びくともしない。

(岩……?)

シャツ越しにも感じる体温を除けば、感覚としてはそれに近い。

だが、愛しい岩だ。騎士として鍛え、ひとりで生きてきた男の強さだ。

手を回して抱きつくと、レオルディドは自分の背を丸めるようにして空間を作り、エメリーヌの耳の下、ドクドクと脈打つ肌を強く吸った。その唇は首筋に押し当てられたまま、縁にひらりと揺れるレースをつけた寝間着の胸元まで落ちていく。

「……エメリーヌ」

「ん、んん、なっ、に……？」

「汚します」

「え……あ……あっ」

寝間着越しにもはっきりとわかる、盛り上がった乳房の先端に刺激が走った。寝間着の薄い生地がじわりと濡れ、温《ぬる》くなっていく。

(寝間着の上から……)

「あ、あん、あ」

胸元に重ねられたレオルディドの黒髪が揺れ、淫靡《いんび》な仕草を隠す。

布ごと強く吸われ、ビリッと身体の芯に刺激が走った。それが収まらないうちに、焦れたように身じろいだ男は、はあ、と荒く息をついて身体を起こし、両手でエメリーヌのたっぷりとした乳房を包んで揉《も》んだ。

「あぁ……っ」

エメリーヌはギュッと目を閉じた。レオルディドの手は大きく、硬い。その手のひらが、指が、乳房を揉みしだく。下からこすり上げるようにして、親指の腹で先端を何度も愛撫《あいぶ》される。ときに、きゅっとつままれた。

(こんな、ああ……っ)

とめどなくあげてしまう声を、ふるえる手を口元に当てて押さえた。

知りようもなかった体験に身体の熱は上昇し、爪先にまで走る悦楽で蕩《とろ》けていく。脚の間が熱を帯び、脈打っていた。エメリーヌはレオルディドの身体の下で身悶え、脚をこすり合わせた。

はやく、はやく——求めているものが明確にはわからない。けれど知っている。エメリーヌは手を外し、レオルディド、と回らない舌で求めた。

「はやく……」

「はやく? なにを?」

レオルディドは愛撫をする動きを速め、途端、あっ、と叫んで仰け反ったエメリーヌに顔を近づけた。

「……なにを、殿下?」

「して」

エメリーヌは目を開け、瞬いた。涙がこぼれる。

った。

「わかりました」

レオルディドは太い笑みを浮かべると、片手でエメリーヌの頭を持ち上げ、涙を唇でぬぐ
「……触って……！」

「すぐに、そのようにいたします」

身体を離し、すばやくエメリーヌの寝間着に手をかける。グイと持ち上げられた腰から柔らかな薄布が引き剝《は》がされていく。

「……っ」

下着はつけていない。むきだしになった肌が、寒くもないのにサッと粟立った。

無意識に両腕を前で交差させると、寝間着をベッドの外に放ったレオルディドが、その手でエメリーヌの腕を撫でた。

「だめです」

「……え？」

「俺にちゃんと見せて、触らせてください」

レオルディドは両手でエメリーヌの手首をそれぞれつかみ、外に広げさせた。

華奢な肩と豊かな乳房、ほっそりした胴と丸い腰——柔らかな曲線が斜めに差し込むかすかな火明かりに浮かび、陰影に彩られる。

レオルディドは喉を鳴らし、殿下、と切望を滲ませた。

「殿下……エメリーヌ……」

ゆっくりと手を滑らせたレオルディドに抱き寄せられる。垂らしたままの金色の髪が乱れ、男の太い腕の飾りのようにふわりとかかって揺れた。

「エメリーヌ」

思いが込められた呼びかけに、エメリーヌは小さくふるえて目を閉じた。

力任せに強く抱き締めたいのかもしれない。欲望のままエメリーヌの無垢《むく》を奪ってしまいたいと、そう思っているのかもしれない。

だがレオルディドはそんな衝動に屈することなく、崇《あが》めるように慎重に、優しくエメリーヌを敷布に倒した。そして自分のシャツも頭から脱いで放った。

(まあ……)

エメリーヌには、生まれて初めて目にする男の裸体だった。

学ぶための書物に描かれていたものとずいぶん違う気がする。細い線でさらさらと描かれた男性の姿よりも、もっとずっと肩幅が広く、盛り上がって厚みがある。胸も広く、引き締まった腹部、そして……。

「そこは、後で」

エメリーヌの視線に気づいていたのだろう、レオルディドは苦笑を口端に残したまま覆い被さり、口づけした。優しく、何度も。そして少しずつ、親密さを増して。

「……ん、あ」

身体も頭の中も焼く、甘い熱に支配されていく。それはあっという間だった。触れ合う素肌の感触が、エメリーヌを陥落させた。

ざらついた肌も筋肉の硬さも、なにもかもが心地よかった。太い腕でしっかり抱き締められ、身じろぐこともままならないことも。

レオルディドは直《じか》に触れるエメリーヌの滑らかさ、柔らかさに魅了されたように、ひときも離さず愛撫した。乳房の頂《いただき》にある甘い赤を吸い、舌でこすり、エメリーヌの声も飲み込むように、上げた手の指で唇を撫でる。

「ん、んっ」

エメリーヌは男の手をつかんで、剣を使う硬い指を歯で挟んだ。

「くそ、エメリーヌ……ッ」

また聞き慣れない言葉を吐いて、レオルディドは手を引いた。そして、エメリーヌの唾液で濡れた指を舐めた。

「あなたはなにもかも甘い」

「あ……あっ」

レオルディドの濡れた指が、滑らかな腹部に線を引くように下りていく。脚の間、金色の柔らかな翳《かげ》りが隠す秘めた場所に。

疼《うず》いていたところを、指の腹がさっとかすめていった。

「……ぃあ……！」

強烈な刺激にふるえ、男の手を挟んだまま反射的に脚を閉じる。

「エメリーヌ、だめです」

横に体重を移したレオルディドは、挟まれた手と自身の脚を使って、優しくではあったものの確固たる力で開かせた。

「それでは触れません」

エメリーヌの脚を持ち上げさらに開かせ、その間に身体を入れてくる。たくましい腰に絡ませるようにエメリーヌの脚を外側から押し撫で、男は満足そうに息をついた。

これ以上は熱くならないだろうと思っていたのに、カーッと頬が火照り、目の奥まで熱くなって潤んだ。

かすかな明かりに白く浮かぶ自分の脚が大きく開いて、男の腰を挟んでいる——そんな姿が滲んでいく。

（恥ずかしい……）

「レ、レオルディド……」

「わかっております、殿下。エメリーヌ」

レオルディドはそう言って、大きく息を吸った。

「……あなたの香りも、甘い」

「あぁ……っ」

脚を開き、晒した秘所に男の手が触れる。大きく、無骨な指。繊細な動きなどできそうにも思えなかったその指が、熱くふくれた敏感な場所を愛撫する。

突き抜けた快感に、エメリーヌは身体を跳ね上げて仰け反った。

男の手の動きに合わせ、あ、あ、とあげる自分の声が遠く聞こえる。その合間に、くちゅ、くちゅと淫靡な音がする。

甘い音だ。薔薇の香油などよりもっと甘い香り。

「エメリーヌ……」

そして甘い声。切望がこぼれる、男の低くかすれた声。

「……ものすごく柔らかい。濡れて……綺麗だ……」

「や、ぁあ、あ、レオ……？」

レオルディドはふいに手を離し、両手でエメリーヌの膝裏をそれぞれ持ち上げた。ぐい、とそのまま押し開いて脚を自分の肩にかけると、片手でエメリーヌの腰を持ち上げた。

「や……！」

扇情的な姿に驚き、硬直してしまう。

男の肩にそれぞれ脚を乗せ、開いた秘所を、目の前で晒して……。

「……っ」

ズキ、と痛みと錯覚するほどに秘所が疼いた。ヒクヒクとふるえ、蜜をこぼしているのがわかる。

男の視線を──レオルディドのあの鋭い灰色の目がじっと注がれているのを感じて、ますます潤っていく。エメリーヌは両手で顔を覆い、漏れる声を抑えた。

(はやく……ああ、はやく……!)

ふぅ、と熱い息をかけられるだけで、全身がふるえてしまう。秘所とつながる腹の最奥まできゅっと収縮する。

「エメリーヌ……」

レオルディドがなにか言ったが、聞こえなかった。彼の舌はすぐに、餓《う》えて激しく貪《むさぼ》る獣のように秘めやかな甘さを奪っていた。

エメリーヌは声もあげられず、貫いた悦楽に身をよじった。

(そんなところに……キスする、なんて……!)

すでに口づけで何度も証明されていた器用な舌は、秘められた女性の柔らかなひだも敏感な突起も、すべてを丹念に愛した。蜜をこぼしてふるえる入り口はとくに優しく、熱烈なキスのように舌が出し入れされ、解されていく。

「ぁぁあ……あっ、ん……あ……ぁ」

顔を隠していた手がするりと落ちて、枕辺に広がり乱れる金色の髪の上で力なく揺れた。なにも考えられない。レオルディドが与えてくれる悦《よろこ》びだけがすべてになっていく。

「あ、はぁ……あっ」

何度か涙がこぼれ、ふと鮮明になった視界に、淫らな姿が映る。浮かされた腰、広げた脚の間に埋められた男の黒髪。

「あっ」

すぼめた舌で秘所をすーっと舐め上げられ、びくりと全身が跳ねたとき、男の顔が少しだけ上げられた。黒髪の下。額、目——灰色の目。

(わたくしを見ている)

視線を絡めたまま、レオルディドは愛撫を続けた。敏感な突起を潰すように、小刻みに舐める。

「……ぃあっあっ、んっぁぁあ！」

ゾクゾクする強いなにかがふくれ上がり、爆発しそうになった。エメリーヌは両脚の太腿《ふともも》でレオルディドの頭部を締めつけ、腰をよじって悶えた。

女の柔い脚で挟まれても舌の動きはとまらなかった。むしろ激しく、より強く責め立ててくる。

「レオ、レ……ッ、あ、んっ」

未知の感覚がエメリーヌを苛《さいな》んだ。息ができない。追い立てられる……。

「…………ッ！」

解放もまた、レオルディドに導かれたものだった。強く吸われ、突き刺されたような痛みとともに弾けた快楽に、エメリーヌはすすり泣いた。

強張っていた身体から力が抜けていく。はあはあと荒い息を繰り返すうち、両脚が戻され楽になる。

火照った肌に敷布はひんやりと感じられ、身じろぐとこすれる感覚がひどく鮮明だった。

「エメリーヌ……」

レオルディドの手が、全身をたどっていく。肩、乳房、腰――優しく触れていたが、欲望の熱さを肌に刻むように。

ベッドがギシと動いて、彼が脚衣を脱いだのがわかった。淡い明かりに、女の目からは奇妙としか思えない男の影が揺れる。

エメリーヌは思わず目を閉じた。すると仰向かされ、身体が重なってきた。

大きく、重く、熱い身体に組み敷かれ、泣きだしてしまいそうなほど胸が切なくなる。

(わたくしの夫)

エメリーヌは両手をレオルディドに回して抱きつき、ぴったりと肌を密着させた。

男の身体がぶるっとふるえた。

「許してください」

「許す……？」

「あなたに痛みを与えてしまう」

ハッと息を飲むと、広げた脚の間に、硬く大きなものがこすりつけられた。ひどく熱いものだった。

(レオルディドの……)

エメリーヌの腹の奥が、きゅっと締めつけられた。男の形も、それが果たす役割も知っている。初めての女性が痛みを感じるということも。

「だいじょうぶです」

エメリーヌは抱きつく手に力を込め、ささやいた。

「わたくしを奪ってください。わたくしも……あなたが欲しいのです」

「……っ」

手の下にあるたくましい背がグッと盛り上がった。

彼の脚が動いてさらにエメリーヌを開かせ、滴るほどに濡れた秘裂を上から下へと、太く長いものでもう一度こすっていく。

「あぁっ」

刺激に、エメリーヌはたまらず男の背に爪を立て、引っ掻いた。

痛みは小さなものだったはずだが、レオルディドは動きを止めた。

ぎり、と歯軋りが響く。そして呻くような声。

「……ゆっくり、します……っ」

とても入るとは思えない、大きな硬いものが自分を押すのがわかった。エメリーヌはハッとして強張ったが、性急に唇を求めたレオルディドに口づけされて意識が逸れた。

「ん……、ん、ん……っ」

レオルディドの手がすばやく下ろされ、腰の下に差し込まれた。浮いて位置が変わり、滾《たぎ》ったものが挿入される。

体内に、容赦なくギュッとつねられたような痛みが走った。

「いっ……ぁあ……っ」

唇を触れ合わせながら目を見開いて、エメリーヌは呻いた。

痛みを与えている男にすがりつくと、レオルディドは全身に力を込めて荒い息をついた。

「このまま、エメリーヌ……ッ」

絞りだすように言って、エメリーヌを我がものにしていく。腰を合わせ、ゆっくりと揺するように動かしている。

ああ、とかすかな声が聞こえた。自分の口から漏れたものだと気づかないまま、エメリーヌは声をあげた。初めての痛みは想像していたよりつらいものだったが、それでも長く続きはしなかった。

ほどなく声は、艶を含みはじめた。

「レ、レオルディド……ああ、レオルディド……」

夫はどれほど我慢しているのか、全身が強張ってひどく汗ばんでいた。エメリーヌはその背を撫でた。

「だいじょうぶです、だいじょうぶ……あなたの思う通りにして」

「そんなことを」

レオルディドはごくりと喉を鳴らし、言葉を切った。

「……そんなことを言ってはいけない」

「いいえ」

エメリーヌは艶《なま》めかしい吐息とともに、腰を揺すった。腰の奥で、レオルディドがふるえるのがわかった。

熱いものが心からあふれ、全身を満たしていく感覚にエメリーヌは喘《あえ》いだ。

もっとつながりたい。もっと強く、もっと深く。

(もっと)

愛し合いたい。

「レオルディド、あなただから……いいの」

頭を起こし、自ら口づけをする。ちゅ、と音をたて何度も啄《ついば》むように。

「……して」

「エメリーヌ……！」

レオルディドは低く吠えるように言って、大きく動いた。

奥まで穿《うが》っていたものが引かれ、強く差し込まれる。何度も、繰り返し。速く。やがて上体を起こし、激しく突いてきた。

「あぁ……っ、あ、ぅ、んぁっ」

ベッドが軋み、天蓋から吊るされた布も揺れた。レオルディドの身体の上に、その布の影が柔らかく落ちている。動くたび、切ないほど美しく影は形を変えた。

「あっ、あん、ああ」

エメリーヌは手を伸ばした。

レオルディドは宙でその手を握り、指先に口づけた。

「あ、あ……レ、オ……レオルディド、わたくしを……？」

好きかと。

愛しているかと。

続く言葉が途切れてしまう。

こんなにも深いところで交わりながら、もっと求めてしまう。

(心を)

「レオルディド……!」

しかし答えはなく、男はエメリーヌの手を離した。その手で肩から鎖骨をなぞられ、エメリーヌは心地よさにふるえた。

レオルディドはその様子と声に満足したように手を滑らせ、ゆっくりと乳房を包んだ。そして快楽を与える意図を持って、手のひらで優しく先端を転がした。

「あ、ん……んっ」

エメリーヌは身体をしならせ、そうすることでより深く男を中に迎えた。

う、と声をあげたレオルディドの動きが速まり、律動が激しくなる。もたらされる快楽に飲み込まれ、溺れていく。

エメリーヌはなにもわからなくなった。

レオルディドは一度、最奥に熱を迸《ほとばし》らせた。

焼けるようなその感覚は、まさに甘苦だった。すすり泣き、荒い息も収まらないうち、また揺さぶられた。

男は体内で硬度を取り戻し、自ら吐きだしたものを掻き混ぜるように突き、引いて、また強く突いた。

そうしながら唇と両手で責め立てられ、エメリーヌは幾度となく果てた。

疲れ切って眠りに落ちる直前、エメリーヌ、と呟く声を聞いた。

——あなただけだ。愛している。

(ほんとう?)

聞き返すと、苦笑する気配がした。

——ほんとうに。

(嬉しい……)

——エメリーヌ、愛している。俺の王女殿下、秘密の鳥……。

五章　辺境の結婚生活

1

城砦は黒牙の名の通り、黒ずんだ厳つい外見をしていた。

林立する塔は黒塗りのスレートを葺《ふ》いた円錐形の屋根を持ち、逆さ牙のごとく鋭く突き立っている。壁に穿たれた窓はどれも小さく、そこに嵌め込まれたガラスは獣の目のように光を弾いてあたりを睥睨していた。

「まあ……！」

その黒牙城砦の城門をふさぐ鉄扉が開かれると、エメリーヌは目を見開いた。

表れた石敷きの前庭には、黒い外套に身を包んだ騎士たちが大勢、並んで立っていたのだ。

彼らはエメリーヌが現れるや、手にしていた剣を掲げた。外套がひるがえり、ザッと羽ばたきに似た音が響く。

「エメリーヌ・フェインダース第二王女に、黒騎士団の忠誠を捧《ささ》げる！」

手前にいた騎士が声を上げると、唱和とともに今度は剣が一斉に下ろされた。日射しを弾く剣のきらめきが、光の粉のように中に散る。

結婚をしてもレオルディドがエメリーヌの財産を自由にできないように、エメリーヌもまた黒騎士団に対してなんの権限も持たない。つまり騎士たちの忠誠は高位の女性に捧げられる形ばかりのものだったが、それでも心をふるわせられた。

（嬉しい）

エメリーヌはひとりひとりを確認するように視線を巡らせ、王女らしく優雅に一礼した。

「すばらしい歓迎をありがとうございます」

「俺を助けてくれる騎士たちです」

レオルディドは黒騎士団の団長としての誇らしさを灰色の目に滲ませた。

「後々、彼らのことも紹介します。行きましょう、殿下」

「はい」

エメリーヌは青みを帯びた黒の外套の、毛皮で飾った胸元を引き締めた。

まとめた髪を包むのは細いレースで縁を飾った被り《キャップ》もので、顎の下で結んだ艶やかな黒リボンの端、刺繍された銀の薔薇が小さく光る。

王女としてはいささか地味ななりだったが、この黒牙城砦にはふさわしかった。黒く、実用的。ここではそれに尽きる。

ふたりは騎士たちの間を通り、奥へと進んだ。

騎士団長は、当然ながらどの騎士団においても絶対の権限を持つ。歴代の団長はもともと高位の貴族でもあり、城砦内にある居館にもその傲慢《ごうまん》さは現れていた。

居館は三層で窓も大きい。内部もまた、時代、時代の団長によって飾り立てられていた。

だがレオルディドは豪華さとは無縁で育ったので、彼が就任してからは閑散としている。

一階は倉庫、二階は執務が滞りなくできる最低限のものだけ残され、三階に至っては使われず放置されていた。

しかし。

「三階はすべて殿下に使っていただけるようにしました」

螺旋階段を登りきったレオルディドが、エメリーヌの手を離して扉を開けた。

途端、暖炉の炎で温められた空気がふわりと流れてきた。

「お待ち申し上げておりました」

中には、黒い外套に身を包んだ男とほっそりとした女性が立っていた。男は黒騎士団のひとりで、入れ替わるようにして扉のほうに移った。

エメリーヌは女性の手を握って微笑んだ。

「オレリア」

王宮でのお仕着せから、黒い襟のついた褐色を基調にしたドレスへと替えていた侍女は、主人の姿に安堵したように目じりを下げた。

「すべて整えております。殿下、どうぞ」

「まあ」

奥を示され、エメリーヌは顔を輝かせた。

辺境の城砦にあるとは思えないような、女性らしい華やかな部屋だった。

大きなアーチ形の窓からは日射しが燦々と降りそそぎ、とても明るい。淡い色の絨毯が敷かれ、白木の瀟洒な調度類が置かれている。何枚ものタペストリーが飾られた壁には、ゆらゆら揺れてそれ自体が輝く金板細工の燭台も吊り下げられていた。

王女の居間として使うためだろうが、どんな貴人を迎えても恥ずかしくない美しい部屋だった。

見惚れているエメリーヌに、オレリアが手を伸ばして被りもののリボンを外す。

「殿下、お召しものも」

外套も脱がされた。下に着ていたのは、旅行用の簡素な緑色のドレスだった。とはいえ、図案化された白ユリが一面に織り出された生地は美しく、胸元や袖口を縁取る灰色のレースが淡い影をつけてしっとりとした雰囲気を作っている。

エメリーヌは指先で髪に触れた。わけて編んだ髪はそれぞれくるりと巻いてピンで留めていたが、移動の間に解れていた。

レオルディドはその様子を見ていたが、ふと、髪を直すエメリーヌの手を包んだ。

「寒くはありませんか？」

「平気です」

そのまま手を引かれ、窓の下にあった長椅子にゆっくりと腰を下ろす。赤地に白抜きで細かな模様を描いた布張りの長椅子は柔らかく、座り心地がよかった。

「暖炉にもっと火を入れますか？」

「いいえ、ほんとうに平気です」

高揚し、笑いがこぼれてしまう口元を指で押さえ、エメリーヌはあらためて居間を見回した。

「どうですか？」

少し緊張を含んだような声で、レオルディドが訊いた。

「すばらしいわ」

夫を見上げ、エメリーヌは答えた。

「ここで過ごせるのですね、嬉しいです。短い時間での準備に感謝します」

「シリルが派遣してくれた職人たちがよく働いてくれましたが、急ごしらえですので……」

レオルディドは苦笑し、伸ばした手であたりを指した。

「足りないものや、なにか欲しいものがありましたらお申しつけください。あちらの部屋にはご衣装などを入れておりますし、その隣は寝室になっています」

「寝室……」

「簡易なものですが食事室もありますし、建物には水を汲み上げる機械が通っていますので、浴室も用意しております。殿下が快適に過ごせるよう万全を尽くしたつもりです」

(わたくしはあなたがいれば十分なのに)

その考えが、無知な王女としての甘さだという自覚はある。こうしていろんな手助けがなければ、この厳しい環境でひと冬、無事に過ごせることなどできないだろう。

だからエメリーヌは微笑んで頷いた。

「ありがとうございます。わたくしも邪魔にならないよう過ごしますわ。しばらくは慣れるためにも……そうですね、ここを探索したいものです」

「探索」

「とても楽しみです」

ふふ、と笑いながら、羽ばたくように両手をひらひらさせると、レオルディドは顔をしかめた。

エメリーヌがスタリー鳥を連れてきたことを、彼はまだ怒っている。ここに移ることで、エメリーヌがスタリー鳥に入ることはなくなると安心していたのだ。

だがエメリーヌはスタリー鳥を連れていくことをやめようとはしなかったし、鳥はすでに城砦内にある分神殿に到着している。

「殿下……」

「冗談です。自分の足で探索します」

「探索はされるのですね」

「邪魔にならないようにします」

「……」

レオルディドは叱りたいのだろうが、オレリアやほかの騎士の手前、それもできないのだろう。なにかを挟めそうなほど眉間のしわを深めた後、ふいっと目を逸らし、扉近くで控えていた騎士を手招いた。

「紹介いたします、殿下。ここでの生活は王宮とは異なりますし、騎士たちを知っていただく手助けになればと用意しました」

歩み寄ってきた騎士は、レオルディドと同年代か少し上のようだった。赤褐色の髪をしていて、やんわりと微笑んでいる。

「俺の副官のひとり、リーグ・ティヘタです。古くからの友人でもあります。王宮に派遣していたので、殿下がお連れになった役人たちにも慣れているかと呼び戻しました。今後、殿下の前に出ることもあるかと思います、お見知りおきを」

「リーグ・ティヘタでございます、王女殿下。遅ればせながら、我が黒騎士団を率いるロフル団長との結婚に、団を代表してお祝い申し上げます」

王宮にいたという男は、若い顔に笑みを刷いた。

「珍事……いえ、これまでになかったことですので、騎士たちもいささか動揺しております。万が一のことがあってはなりませんので、護衛としても常におそばに控えることをお許しいただけましたら幸いです」

そしてティヘタは外套をサッと払って片膝をついた。優雅に頭を下げる様は、なるほど王宮の香りのする洗練されたものだった。

「……そばに？　おまえが？」

レオルディドが不審そうに訊いた。

「市街地の娘たちから志願があっただろう？　殿下のおそばにはどんな騎士もつけるつもりはない。もちろん、おまえもだ」

「市街地の娘？　どういうことですか？」

エメリーヌが口を挟むと、レオルディドは部下に向けた険しい顔のまま妻を見たが、すぐにハッとしたように表情を柔らかくした。

「街には騎士たちの家族が暮らしています。城砦にも女の使用人はおりますが、彼女らは各々《おのおの》の仕事がありますから。殿下につける侍女として、別に用意しようと……侍女見習いとして、何人か募ったのです」

「そうなのですか」

エメリーヌは頷いた。

黒騎士団の団領にまでついてきてくれた侍女は、オレリアだけだった。

もともとエメリーヌ付きの侍女は入れ替わりが多く、馴染みもなかった。行く先も辺境のことなので、王宮で勤めながらそれなりの地位と財産のある男性に……と夢見る侍女たちに敬遠されたのだ。

それでも、友好国とはいえたったひとりで国境を越えていったロザンナと比べれば、自分は恵まれすぎているとエメリーヌは思う。オレリアだけではなく数人の役人、そして本神殿から神官がひとりついてきてくれた上、スタリー鳥までいるのだから。

「街の女性たちとはお話ししてみたいですが、無理にここに置く必要はありません」

「殿下……」

「オレリアがおりますし、それになにより、あなたもいてくれます」

「……」

「でも、お忙しいのはわかっております。あなたの副官がそばにいればすぐに対処していただけますし、わたくしは助かります」

「ありがとうございます、殿下」

答えたのはティヘタだった。膝をついていた騎士は、見上げる形でエメリーヌを、そしてレオルディドを見て眉をひそめた。

「女たちとは何人か直接話をしましたが、殿下のおそばに置くには勧められないと、自分が判断しました」

「俺も会って話をすると伝えていたはずだ」

「団長を煩わせる必要はないと、そういう判断もしたのです。ほかの騎士長たちから推薦させようとしていたのですが、間に合わずに本日を迎えてしまいました。それで少しの間、自分がおそばに、と申し上げた次第です。後日、団長だけではなく殿下にも見ていただけると考えればよろしいものかと」

「……」

滑らかな説明を吟味するように、レオルディドは束《つか》の間《ま》、黙考した。ほどなく、ふ、と息をついて部下から目を外す。

「そうか。おまえがそう言うなら、そのようにするべきだろう。ただし、おまえが入るのはこの部屋までだ。たとえ殿下が許可されたとしても、ここより奥の、どの扉の把手《とって》に触れることも許さない」

「は」

副官は余計なことは言わず、深く頭を垂れた。

「では、ティヘタ騎士。よろしくお願いします」

エメリーヌが言うと、彼はゆっくりと顔を上げた。端整な容貌にはらりとかかった髪を指で払い、濃い青色の目を細めて微笑む。

「美しい殿下のおそばで仕えられること、光栄に存じます。心からの忠誠を誓います」

「ありがとう。わたくしこそ、よろしく頼みます。不慣れですので色々教えてください」

「もちろんでございます」

ティヘタがふたたび頭を下げたところで、レオルディドは大股に横切ってエメリーヌの前に立ち、胸に手を当て中腰になった。

「お疲れになったでしょう。少し休みませんか?」

「休む?」

「はい。午後には殿下の案内をしようと計画しておりましたが、急ぐこともないでしょう。ずっとここにおられるのですから」

レオルディドは灰色の目を思わせぶりに細めた。

「少し休みましょう。俺と、ふたりで」

「ふたりで……」

アルシーク公爵の城で三日間ともに過ごした後、レオルディドはひと足先に団領に戻っていた。それを追うようにシリルに護衛されて山を越え、団領内に入るところであらためてレオルディドに迎えられたのだ。

庇護者《ひごしゃ》の代わりを務めてくれた従兄弟は、そのまま団領の北方、自らの領地へと戻っていった。数日ぶりにレオルディドと会えたエメリーヌは、一日をかけて団領を横断し黒牙城砦に入り、いまに至る。

(ここに来るまでも、わたくしは馬車の中)

レオルディドは騎士らしく馬上にあった。

休憩や宿泊に使った砦は小さなもので、周囲に人がいすぎた。キスどころか手を握るくらいしかできていない。しかも手袋越しだった。

つまり圧倒的に触れ合いに飢えている。夫の熱さも重みも、匂いも息遣いもすべてを知ったいま、エメリーヌの中にある渇望は苦しいほど高まっていた。

「ええ、ぜひ」

力強く頷く。

「わたくし休みたいわ！」

「ではそういたしましょう。侍女殿、殿下はしばらく休まれる。まずは、温かいお茶を用意してほしい」

レオルディドは清廉な笑顔でオレリアに頼むと、顔つきを戻して部下に目をやった。

「おまえは下がれ」

2

追い出されたリーグ・ティヘタは愚痴を延々とこぼしたかもしれないが、オレリアは変わらず淡々とした様子で、居間に付属する小部屋へと向かった。

そこには使用人が使う裏階段があり、階下の厨房《ちゆうぼう》とつながっている。行き来する使用人がエメリーヌの前に出ることはないが、おそらく階下で準備していたのだろう、オレリアは待たせることなく小部屋から出てきた。

両手で持つ銀盆の上には、開花した蓮《はす》を模した瀟洒なガラスの器も乗っていた。そこには真っ白いクリームを固めた小さな菓子が積まれている。

「甘いものを用意しておきました」

「嬉しい、美味《おい》しそうね」

オレリアは小テーブルに置いたカップに茶を注ぐと、銀盆を抱えて一礼した。

「それではわたしも下がります。あちらの扉の脇にある紐を引いていただきますと、厨房のベルが鳴りますので。なにかございましたら、そのように」

「厨房にいるの？」

オレリアは王女付きの侍女で、厨房に出入りする使用人ではない。しかし彼女は薄い表情のまま頷いた。

「殿下のお食事やお飲みものなどの相談を受けております。お好みなども伝えなくてはなりませんし、今夜の食事は普段より豪勢だというので……」

「まあ、手伝いまで？」

「いいえ、見学しているだけですが」

「見学」

「大変に興味深いことです。わたしは書物ではよく目にしましたが、大量の料理の準備というものはすごい迫力です。食材も、人の動きも、調理の匂いも」

「ここの料理人たちは優秀です」

目を輝かせたオレリアに、レオルディドがまじめな顔で口を挟んだ。

「こうした厳しい環境ですし、王都のようにどこにでも娯楽があるわけでもありませんから……俺もそうでしたが、騎士たちにとって美味《うま》い食事というのは心を安定させてくれます。腕がいい料理人を集めたので、侍女殿も彼らの料理を楽しみにしてほしい」

「はい」

オレリアはもう一度頭を下げ、出ていった。それを見送るともなく目で追いながら、レオルディドは頷いた。

「おもしろい女性ですね。厨房の見学とは」

「オレリアは向学心あふれる才女なのです」

エメリーヌは自慢した。

「ご存じの通り女の身では学者にもなれません。それでもオレリアは侍女として王宮に仕えながら学んでいました。幼いころからたくさんのことを教えてくれましたし、ここまでついてきてくれて、ほんとうに感謝しています」

「そうでしたか」

「はい。……あ、美味しいですわ、これ」

菓子のひとつを口に入れたエメリーヌは目を輝かせた。

「口の中で溶けるようです。舌に甘さが残って……レオルディドもひとつ、食べてみてください」

勧めながら、またひとつ指先でつまんで食べる。軽く焼いた表面だけパリッとしていて、中身は柔らかい。ひと齧《かじ》りすると脆く崩れ、甘さが鼻に抜けていく。

「ん、美味しいです」

「……」

「レオルディド？」

男は立ったまま身じろぎせず、エメリーヌの口元をじっと見ている。

（お菓子がついているのかしら）

エメリーヌは慌てて指先で自分の唇をなぞった。甘いものには目がないので、つい夢中になってしまう。誤魔化すように微笑んだ。

「あなたも食べてください」

「殿下」

レオルディドは深く身を屈め、左手をエメリーヌの背後の背もたれに置いた。

「……美味しそうです」

「え、ええ」

顔を上に向けたエメリーヌは、見下ろしてくる夫の灰色の目を覗き込む。

「ほんとうに優秀な料理人で……あ」

すばやく影が落ちてきて、温かく濡れたものが唇に触れていった。は、と息を飲むと、レオルディドがささやいた。

「たしかに甘いですね」

夫はもう一度、エメリーヌの唇を舐めた。

(味見のよう……)

ゾクゾクと痺れるような感触が背に走り、エメリーヌはふるえた。

男の唇は、食べた菓子のように甘くはない。けれどもっと甘い菓子より、こちらのほうがいい。

（キスしてほしい）

微笑んで顎を上げ、唇を少し尖《とが》らせる。しかし夫は背もたれに置いていた手を戻し、身体を起こして離れてしまった。

「レオルディド」

物足りなさに呻き、エメリーヌは唇を引き結んで睨んだ。

「ひどいわ」

「殿下、お茶をどうぞ」

「喉は乾いていません」

「それでもお飲みください」

レオルディドはカップを持ち上げた。そして大きな手の中、握り潰すのも容易に見える華奢なそれをゆっくり回す。

「熱くはないようです」

「そうですね」

かすかに花の香りがする茶をエメリーヌが覗き込むと、カップの縁が唇に当てられた。たしかに熱くない。喉が渇いているのではと配慮してくれたのだろう。

促されるまま唇を開くと、レオルディドはそっとカップを傾けた。

「どうですか？」

「これも美味しいわ」

エメリーヌは両手でカップを受け取り、白い喉元を晒して飲み干した。茶の甘みごと潤いが染みわたっていく。

落ち着きを取り戻してほっと息をついて、夫を見上げる。

「あなたも飲みますか？」

「俺はそれではとても足りません」

レオルディドはゆっくりと首を横に振って答え、エメリーヌに覆い被さってきた。長い腕が回され、鋼鉄のようなそれにしっかりと確保される。

「レ、レオルディド？」

長椅子から引き剝がすようにして持ち上げられ、エメリーヌは目を丸くした。

「失礼いたします、殿下。奥の部屋を案内いたします」

エメリーヌを抱えながら、居間にいくつかある扉のひとつを器用に開けると、男はそのまま薄暗い狭間《はざま》を通り抜け、さらに先にあった扉を開いた。

「寝室です」

「は、はい」

エメリーヌはドキドキする胸元を押さえながら、これから過ごしていく寝室を見た。

居間よりも小さく、一面に絨毯が敷いてある。高い位置にひとつだけある窓には、飛翔する何羽もの白い鳥が描かれていた。

ガラスを通して採り込まれる日射しは柔らかく、複雑な色合いの光になっている。

その光が落ちる位置にある寝台は、幅のある大きなものだった。天蓋はないが上下両端の板はまっすぐ高く、一面に彫られた複雑な文様は銀で象嵌《ぞうがん》されている。

結婚したばかりの夫婦が使うためか、上掛けも華やかなものが用意されていた。金色で薔薇模様を描いた薄紅色の生地で、足元には艶やかな黒の毛皮が敷かれている。

レオルディドは抱えていたエメリーヌを薔薇の上に下ろし、身体を触れ合わせたまま自分も腰を下ろした。

マットレスが沈み、キッ、キッと音をたてて微細に揺れる。

エメリーヌはくらくらした。

(ふるえているのは、わたくし……?)

「殿下」

レオルディドの手が腕を、肩を、首を撫でていく。そして見開いた青い目の下、頰の薄い皮膚を硬い指の腹でそっと触れた。

「エメリーヌ」

熱を帯びた声とともに、唇が重ねられた。

キス——と頭を過ぎった刹那、すぐに親密さを増したものになる。口の中に残っていた菓子の甘さも茶の香りもすべて奪うように、レオルディドは舌を激しく差し入れた。

「……ん、あ」

身体の奥底から熱いものが突き上げ、じっとしていることができない。苦しい……でも、このままもっとキスしてほしい。

エメリーヌは悶えるように身じろいで、男の厚みのある硬い身体を探った。

騎士服越しにもわかる、熱を発しているたくましい身体。胸を叩く力強い鼓動。

(わたくしのもの)

手を滑らせて広い肩をつかみ、キュッと爪を立てる。

そのかすかな痛みに男も煽《あお》られたのか、エメリーヌの背に回していた手を下げていく。ざらついた硬い男の手が舐めるように曲線をたどり、さらに下へ……。

「……あ、んっ」

足の間がジンと痺れ、エメリーヌは仰け反って声をあげた。

レオルディドは離れた唇を追いかけず、頬と頬とをこすり合わせるように滑らせ、エメリーヌの耳朶を咥えて嬲《なぶ》った。

ピチャ、と淫らな音が直接、頭の中まで響く。

一気に顔が火照り、めまいが強くなる。

なんということかしら——呟いて、エメリーヌは目を閉じた。寝台に落ちる白く柔らかな日射し、その温もりさえ感じるというのに。昼だというのに。だれもが働く時間だというのに……。

「……んっ、あ、あぁ……っ」

レオルディドの唇が首筋に落ちて、どくどくと脈打つところを強く吸われた。チリッと走った痛みと、それ以上の刺激に、思考が蕩けていく。

いまが昼で明るくても、働いている人がいても。

(こうしていたい)

もっと触れてほしい。もっと、もっと、もっと。

「エメリーヌ」

低くささやくそのかすれた声と、ベッドの中でしか使わない呼び方に背筋がゾクゾクする。

レオルディドの肩に回した手に力を込めると、応えるように男は力強い指で尻を包み、ぐっと持ち上げた。

「あ……っ」

引き寄せられ、きつく抱き締められた。騎士服越しにもわかるほど硬くなった下腹部を押しつけられる。

えぐってくるような強さに、エメリーヌは艶を含んだ声をあげた。

求められていることが嬉しい。苦しいほどに欲望が募っていく。

このまま愛し合いたい。つながりたい。裸になって、横になって……。

「……ッ」

エメリーヌは身じろいで、ドレスの裾を蹴るように足を動かした。

「エメリーヌ？」

「く、靴を、靴が」

旅装のままだったので、靴も部屋履きのような柔らかなものではなかった。慣れない靴を履いたままでは落ち着かない。

(先に脱ぐべきだったわ)

失敗に思わず涙ぐむと、レオルディドの身体が揺れるのがわかった。

笑っているのだと気づいて、エメリーヌは頰をふくらませる。

「レオルディド？」

「……申しわけありません」

そう口にしながらも、笑いを残したままレオルディドは身体を離した。

「俺がやります」

男はすばやくベッドを下りると、エメリーヌの膝を抱え、その前に跪いた。

動かないように——まるで逃がさないと意思表示をするように華奢な足首をつかんで、視線を上げてくる。

「その間にどうか髪を。ピンが刺さると危険です」

「は、はい……」

火照った顔を逸らすようにして頷き、そのまま手早く髪のピンを抜いていった。

それほど複雑に結っているものではないので、すぐに終わってしまう。差し出された男の手のひらにピンを置いて、編んであった髪の房を解きはじめた。

寝台脇の小棚にピンを置いたレオルディドは、エメリーヌの金の髪が広がっていくのを魅入られたように見つめた。

「窓の光が……髪を輝かせて、とても綺麗です」

「まあ……」

エメリーヌははにかんで目を伏せた。

「嬉しい言葉をありがとう」

「俺こそ感謝します。ここまでよく来てくださいました」

レオルディドはそう言うと、エメリーヌの履いていた靴に手をかけ、どちらも手際よく脱がせた。手触りのよい薄布で作られた長靴下《ストッキング》に包まれた小さな足が現れると、彼は優しく足首をつかんで擦ってくれた。

「疲れていませんか、傷などは?」

「ありません」

エメリーヌはくすぐったさと、腹の中がざわつくような感覚にふるえた。足を引いたが、男の手は離れなかった。むしろ、きつく握られる。

「レオルディド……？」

小さな声に誘われたように、男は足を握る手を滑らせていった。脛《すね》に、膝に。柔らかな弾力のある太腿に巻かれた、長靴下を留める紐のその上にも。

ドレスの裾もめくり上げられ、足がむき出しにされる。エメリーヌは驚いたが、唇から漏れたのは甘い声だった。

「だめ」

「エメリーヌ、その命令は聞けない」

「あっ」

足の付け根をつかまれ、両脇を紐で結んだ女性用の小さな下着越しに、両手の親指でこすり上げられた。何度も。

「あっ、あ、んっ、んん」

すでに熱くしっとりと濡れていた秘所に布が張りついて、触れられるたびに淫らな音をたてる。

レオルディドが身体を入れ、さらに足を開かせた。

ふるえる身体を支えていられず、エメリーヌはそのまま仰向けに倒れた。金色の髪が広がって、窓からの日射しに瞬く。

足が持ち上げられ、秘所の近くの内腿に唇が押し当てられた。チリッと痛みが走る。吸われたのだ。柔らかな部分だから、きっといつまでも痕《あと》が残る——所有された印が……。

「んっ……あ……」

唇はすぐに秘所に移され、布越しに、まるで食いつくように愛撫された。

乱暴にするのではなくあくまで優しいものだったが、あまりの強い刺激にエメリーヌはビクッと身体を跳ねさせ、達してしまった。

「あぁ……っ」

きゅっと引き絞られた後、解放される感覚がこまかく続く。

濡れそぼった下着が外され、直接、ひどく淫らに音をたてて舐められた。そっと指が差し入れられ、エメリーヌの隘路《あいろ》を柔らかく突く。

「……も、だめ、レオルディド……ッ」

詰めていた息を吐き、身の内を襲いはじめた狂おしさに、エメリーヌは背を反らして悶えた。

「わかりました」

ベッドに上がってきたレオルディドは、エメリーヌの顔の脇に手をついて、うっとりとし

た目で妻を見下ろした。

「綺麗だ、エメリーヌ」

「ん、ぁ……あ、あっ」

「俺だけのものだ。だれにも触らせない。だれにも……触らせないでくれ」

「は、はい、あ、あ……っ」

「俺だけだ、俺だけ」

レオルディドは滾った自身をこすりつけ、腰の位置を合わせてゆっくりと挿入した。

「俺だけだ、エメリーヌ」

あ、あ、とこぼれる声ごと飲み込むように唇を重ねられ、抜き差しする動きに合わせて舌が差し入れられる。

頭までぼうっとしてきて、エメリーヌは自分が浮き上がっていく気がした。

激しく動く男の背に両手を回してしがみつく。

「……あなた、だけ……ん、んっ」

「俺、だけ？」

は、は、と荒い息の合間に、レオルディドは執拗《しつよう》に確認した。

「俺だけだ。あなたを、奪えるのは、俺だけ……っ」

「う、うん、んっ」

「エメリーヌ、エメリーヌ」

男の動きが速まっていく。

高まった興奮ですべてが蕩けていった。

心も、身体も。

エメリーヌは声もなく叫び、夫の大きな身体にしがみついたまま高く飛んでいった。

3

黒牙城砦に移って数日経った。

エメリーヌは居館からも出るようになり、少しずつ城砦内を見て回っている。

その日は昼食の後、女神の分神殿にいた。

女神はフェインダース王家の祖、そして国の守護神でもある。彼女を奉る最高神殿は王宮の一番高い位置にあり、王族が本神殿長として務める決まりだ。

分神殿はフェインダースの各都市にあり、ここ黒牙城砦にも存在した。城砦内郭の居館近く、中庭に立つ塔のひとつがそうで、外観は灰色の地味なものだ。

しかし……。

「美しい」

中に入った途端、斜め後ろにいるオレリアが感嘆を込めて呟いた。

「見てください、高い丸天井、収束していく黒い梁……支える柱に刻まれた古語の金色。壁には階段に見立てた横長の窓が連なり……これはギュイブル型ですわ。彼が考案した神殿の様式で」

「オレリア、分神殿長がいらっしゃるわ」

ドレスのひだに隠しているメモの類《たぐい》を取り出さないうちに、エメリーヌは侍女をたしなめた。

「後日、ゆっくり見学させてもらいましょうね」

しかしオレリアのように詳しくなくても、内部の清廉な美には見惚れてしまう。

壁をぐるりと取り巻き螺旋の形に連なる窓。そこから虹色にきらめく光が差し込み、艶のある黒い床板の上で躍っている。

壁際には鋳鉄製の繊細な透かし彫りがされたベンチが並び、一段高くなっている最奥には金色で装飾した祭壇があった。

「殿下、よくいらしてくださいました」

白い長衣の袂をさっとさばいて、分神殿長は祭壇から下りてきた。

初老の男で、日焼けした肌が黒い。体格もよかった——よすぎるほどだ。おそらくフェインダースの中でもっとも筋骨隆々の神官だろう。もともと黒騎士団に所属していた騎士だったが、若いころの戦いの最中、死にかけたとき青空に女神の衣の裾を見て神職に就いたという変わり種だ。

「バートル様、お時間を割いていただきありがとうございます」

黒牙城砦に到着した翌日に紹介されたときと同様、エメリーヌはドレスの裾を持ち上げ、丁寧に会釈をした。

ただひとりでこの分神殿を守ってきた神官に対し、王族として礼を尽くさなくてはならない。そしてまたバートルは、幼くしてここに来たレオルディドを庇護し、親代わりを務めた人だと聞かされたせいでもある。

レオルディドはバートルに対する強い敬愛を隠そうとしなかった。

(わたくしも失礼のないようにしなければ)

エメリーヌはにっこり微笑んだ。

「突然お伺いしまして、お邪魔ではありませんでしたか？」

「とんでもございません」

バートルは響く声で笑い、薄くなった頭髪を手で撫でつけて頭を下げる。

「王女殿下をこちらにお迎えできる誉れに身が引き締まります」

「ありがとうございます」

「いやいや、なにしろ辺境にあるだけでなく、レオルディドも……おお、失礼しました、殿下のご夫君ですな。ともあれ団長を筆頭に、騎士どもはここに寄りつきもしません。香煙を嫌がり、静謐《せいひつ》さが逆に落ち着かないとかで。祈りのひとつどころか、じっとしていることもできないのですよ、まったく。今後は変わっていくと思いたいものです」

慎重に頷きながらも、胸中でエメリーヌは苦笑した。

(ティヘタ騎士も入ろうとはしなかったものね)

エメリーヌが部屋を出るときは副官のリーグ・ティヘタがつき従うようになっていた。如才ない男は案内役として最適だったが、この分神殿には入ろうとせず、青銅製の扉の外で待つと言い張ったのだ。

エメリーヌはバートルと並んで歩きだしながら、分神殿の奥に目をやった。

「シダン神官はどうですか?」

「とてもよくやってくれています」

バートルは相好を崩した。

「王都で学んだシダン神官には教わることばかりです。それに、長いことここにひとりでしたから、神学を語る相手がいるのは張り合いがありますよ」

「バートル様がそう言ってくださると安心です。本神殿長様も同じお気持ちでしょう。スタリー鳥のこともどうかよろしくお願いいたします」

本神殿の神殿長のひと言で、エメリーヌはスタリー鳥をここまで伴うことを特例として許されていた。

王族でもある本神殿長の権力に阿《おもね》ったものではなく、彼自身が発現している女神の力によって示されたことだからだ。

本神殿長が現したのは稀《まれ》な力——予知だった。

エメリーヌの今後に関し、スタリー鳥が必要だという本神殿長の言葉は重く受け止められた。

いまではスタリー鳥と意識を同調させるエメリーヌの力も稀だったが、予知と異なり、こちらは本人もスタリー鳥も疲弊させ、やがてはどちらか——あるいは双方を失うこともあるとして、望ましいものではなくなっていた。

悲劇で終わらぬうちに心に決着をつけなさい、と王女に言って、本神殿長はスタリー鳥を託したのだ。

同時に、本神殿から神官もひとり派遣されていた。それがシダン神官で、彼は黒牙城砦の分神殿の次代の神殿長、つまりバートルの後継という扱いにもされている。

「いやいや、シダン神官はスタリー鳥の扱いも慣れていますし、助かります」

そう言って頷くバートルは、ふと目を輝かせた。

「それにしてもさすが女神の鳥、神々しいと言いますか……ほんとうに美しく、どれだけ見ていても飽きません」

やや興奮気味に話す姿に、エメリーヌはくすぐったさを覚えた。べつに自分が称賛されているわけではないのだが、嬉しくなってしまう。

それからバートルに案内され、神殿の奥の階段から上に移った。

天井まで吹き抜けになった小さな尖塔があり、そこで放し飼いにされたスタリー鳥は機嫌よく過ごしていた。

エメリーヌが扉を開けるとすぐに羽を広げてふわりと舞い下り、壁に渡された梁のひとつにとまる。そうして首を傾げてじっと見下ろしてくる青い目は、エメリーヌに変わりがないか案じるような、優しさに満ちたものだった。

その後、シダン神官にも挨拶したエメリーヌは祭壇で祈りを捧げ、分神殿を出たときには日はだいぶ傾いていた。

この時期らしい乾いて冷たい風が吹きつけた。しかも分神殿が建つあたりは城壁の影が被さるので、一気に寒くなる。

エメリーヌは首を竦め、待っているはずのティヘタ騎士を探した。

ところが、城壁が落ちる影の中に立っていたのは、見たことのない若い騎士だった。

バートルに用事の騎士だろうか？　分神殿長の見送りは断ったが、まだいるだろうかと振り返る。だが、ちょうど出てきたオレリアが扉を閉めたところだった。

エメリーヌの戸惑いに気づいた侍女はハッとして、庇《かば》うように前に立つ。

「どなたですか」

「お待ちしておりました」

若い騎士は慌てて片膝をついた。影の中にいてもわかる明るい色合いの金髪をしていて、首の後ろで束ねた房が黒い外套の肩にこぼれている。

「王女殿下に従うよう命じられました」

「ティヘタ騎士はどうなさったのですか？」

オレリアがあたりに目をやり、若い騎士に訊いた。

「副官は急用で離れました」

「急用？　なにかあったのですか？　殿下を置いていくほどの？」

「聞いておりません。ただ、自分にここにいるようにと」

「あなたは？」

「第一牙隊のラコントルと申します。第一牙隊は団長の直属で、ティヘタ副官は俺らの隊長も兼ねています。命じられて飛んできました」

「騎士殿、あなたが案内を？」

「はい！　あ、いえ」

「どちらですか」

「自分は居館には入ることができませんので、入り口までですが」

「まあ、そうなのですか？」

エメリーヌはオレリアの腕に手を絡めて身を乗り出して口を挟んだ。騎士に微笑みかけ、横を指差す。

「これから右の奥庭に行こうと思っていたのです。練兵場があるのでしょう？　団長は午後、そちらにいると聞いていたから」

「それは……団長閣下は喜ばれると思いますが……」

ラコントルは気の毒なほど強張らせた顔を、顎先に重しでもつけられたようにいきなりカクンと伏せた。

「自分は……殿下はお戻りになるので、居館まで従えと副官に命じられたもので……どうしたらいいのか……」

「まあ……」

憐憫と罪悪感がじわっと湧いてくる。

オレリアもそうだったのか、触れ合ったところから侍女の困惑が伝わってきた。

「殿下、一度、戻られては」

「そ、そうね」

「ほんとうですか！」

ラコントルは顔をパッと上げ、そのままバネ仕掛けの人形のように勢いよく立ち上がった。

「では、殿下。そ……それと、お美しい侍女殿、参りましょう」

（あら？）

エメリーヌはオレリアを横目で見た。

侍女は澄ました顔で、よろしくお願いします、と会釈していた。

4

「それがとても優雅なお辞儀でしたのよ、王宮仕込みですね」

笑いながらそう締めくくったエメリーヌは、髪を梳かす手をとめた。

ベッドの端、足を床につけて座ったまま、枕辺の小棚に櫛を置く。

厚みのある楕円形の櫛が揺れて、表面に星空のように点々と象嵌された銀が、壁掛けの燭台からこぼれ落ちる火明かりにきらめいた。

その清廉な光から、黄みの強い明かりの中にいる夫に目をやる。

「レオルディド？」

「……あまり揶揄わないでやってください」

彼は背を向けたままそう答えた。

「王宮の貴婦人と間近に接したことがないどころか、目にしたこともないような奴らです。

浮かれてしまうのは仕方ない」

暖炉の炎をかき立てる音の合間に続けられたのは、素っ気ない声音だった。どこか怒りを含んでいるような。

(どうされたのかしら)

先に休んでください、と夫から連絡をもらったのが夜の冷たい影が居館を包むころだった。食事と湯浴みを済ませたエメリーヌは、オレリアを下がらせて寝室に移った。髪を梳かしながら待つ間、レオルディドが入ってきたのだ。

彼はまっすぐに暖炉に向かい、炎の調整をはじめた。日々、寒さは増している。レオルディドはいつも気を配るので、今夜もそうなのだろうと思っていた。

エメリーヌは、夫のその背に向けて今日のことを語って聞かせていたのだが——なにか気に障ったのだろうか？

疲れている？　それとも怒らせることをした？

(分神殿に行くことは伝えていたし……あ、練兵場で待っていらしたのかしら？)

ラコントル騎士のために居館に戻った後、結局、そのままオレリアと過ごした。

(そのときスタリー鳥に入りましたということは……ちょっとだけでしたが、言わないでおきましょう……)

午後に会ったとき、スタリー鳥が心配していたことが気がかりだった。ちゃんとだいじょうぶよ、と伝えたかった。

それでオレリアに身体の見張りを頼んで、久しぶりに女神の力を使ったのだ。意識を重ねた途端、スタリー鳥はエメリーヌの幸せや喜びを共有し安心してくれた。

エメリーヌも安堵した。

スタリー鳥は仲間たちがいなくても寂しいとは思っていなかった。シダン神官の丁寧な世話も、バートル分神殿長の崇敬の視線もむしろ楽しんでいるようだ。

エメリーヌとつながるように、王宮にいたスタリー鳥たちももともと互いに意識を交感し合っている。エメリーヌが連れてきた一羽は特別なものではなく、環境の変化に耐えられる身体の大きさや強さを見込まれたものだった。

分神殿のスタリー鳥は、新しい住処もなかなか気に入っているよ、と明確に伝えてきた。何本もの梁を渡っていくだけでも飽きない。鉢植えではあったが植物もたくさん用意してある。水はいつも綺麗で、寝床の柔らかい布も好き……。

高い天井近くには小さな窓がいくつもあって、時間によって開けてくれることもある。その中のひとつはガラスが緩んでいるので、なにかあったときはここから外に出られるよ、と笑っていた。

（あの子を閉じ込めるようなことはしたくないけど、気をつけないと）

通達してあるとはいえ、団領にはスタリー鳥を目にしたことのない者も多い。とくに弓矢の腕にも長《た》けた騎士たちが目にしたとき、どうなるかわからない——そう説得されての現状だった。

「侍女殿だけではありません、殿下」

思いがけずシンとした寝室に、男の声が響いた。

スタリー鳥に気を取られていたエメリーヌがハッとして顔を上げると、いささか乱暴に残りの薪《まき》を置いたレオルディドが、大股に部屋を横切ってベッドの脇に立つところだった。

夫の顔には影が揺らいでいて、表情が読めない。

「レオルディド？」

「辺境の……こんな場所を守るだけの騎士にとって、あなたがどれほど光り輝いて見えるか、もっと自覚していただきたい。なにかあってからでは遅いのです」

責めるような言葉だったが、レオルディドの声は悲痛なものを含んでいた。

「レオルディド、どうしたの？」

エメリーヌは胸が痛くなり、身を乗り出して夫の手に触れた。しかし、いつも優しくしっかりと握り返してくれる大きな手は動かない。

彼はわずかに身体を傾け、エメリーヌを見下ろした。

「心配なのです、殿下」

「ご、ごめんなさい」

ハッとして、エメリーヌは謝った。

「わたくし……でも、分神殿も目にしたくて……」

「そういうことでは——いや、そうなのかもしれない。俺は……殿下、あなたにうろついてほしくない」

「うろつく……」

「出歩いてほしくないということです」

「……」

「城砦に来ると決め、ほんとうに来てくださったことは嬉しかった。いつも一緒にいられることも嬉しい……それと同時に不安なのです。できれば……そう、スタリー鳥を尖塔という大きな鳥籠《とりかご》に入れているように、あなたのことも閉じ込めたい」

「レオルディド」

内容は恐ろしいのだが、エメリーヌの心は恐怖ではないもので跳ねた。

(独占欲……？)

「わ、わたくし」

「そんなことをすべきではないとわかっています」

なにか硬いものを噛むようにぎこちなく、しかしすばやくそう言って遮ったレオルディドは、エメリーヌの手を握り返してベッドの端に腰を下ろした。

男の重みで傾き、肩が触れ合う。たくましい身体は身じろぎもせずエメリーヌを受け止めた。夫の温もりと匂いにドキドキするうち、彼は、すみません、と口にした。

「俺は恐れているのです」

「恐れている？　なにを、でしょう？」

ギクッとした。スタリー島に入ったことが発覚したのだろうか？

だがそうではなかった。そうであったほうがどんなによかったかと思うほど、悲しい告白がはじまった。

「俺は結婚をするつもりはありませんでした」

エメリーヌは息を止めた。

「え……」

「いや、この結婚を後悔しているとかそういう意味ではなく——それは絶対にありません。そうではなく、どんな女性を妻にするつもりもなかったのです」

「なぜ……？」

「殿下もご存じでしょう、ロフル公爵夫人ウイユ……俺の母は二十八年前、どこのだれが父親かもわからない子供を産み落としました」

「……！」

「ロフル公爵と結婚後のことです。なにか……どうしようもない不幸が重なった結果ではなく、そういう人だったのです。結婚前から愛人がいて、結婚後も続いていた。同じ男かどうかは知りませんし、結局、俺のほんとうの父がだれなのかも、いまだにわからない。……知りたくもありませんが」

淡々と語るレオルディドだったが、握った手だけが急に冷えていくのがわかった。エメリーヌは男の大きな硬い手を両手で握り、温めようと擦った。

その触れ合いも意識にないのか、レオルディドはただじっと暖炉のほうを見ている。まるで、さきほど足した薪が気に入らないというような鋭い視線だった。

「ロフル公爵が母を妻に迎えたことは、当時、騒ぎになったと聞いています。母は小貴族の出です。おそらく、ロフル公爵だけにしかわからないお考えや思いがあったのでしょう」

「……」

「公爵は俺を産んだ母を放逐することもなく、そのまま妻にしていた。母は非難された。けれど公爵の庇護のもと、宮廷での地位を保った。そして次子を産んだんです。女神の力を持った息子、公爵の血を引き、正しく跡を継げる息子でした。それで俺はここに預けられたのです」

「……っ」

喉の奥に塊ができ、それが一気にふくれ上がって息を詰まらせた。エメリーヌは身ぶるいし、洟《はな》をすすり上げた。涙があふれ、夫の顔が歪む。

（つらいことなのに、こんなに……冷たい声で……）

レオルディドが語ったのは、王宮の数多い噂のひとつとして密《ひそ》やかに、そして長くささやかれていたことだった。

黒騎士団の団長は、ロフルの名を持っていても公爵の血を引かない。

公爵夫人の火遊びの結果。

哀れな男の子。哀れな騎士。哀れな団長……。

エメリーヌの目から涙がこぼれたが、そんな様子に気づくことなく、レオルディドは淡々と話を進めた。

「黒騎士団に入ったころは幼かったので色々ありましたが、ここで育てられてよかったのだと思うようになりました。俺は不幸ではありませんでした。バートルに育てられ、たくさんの仲間に助けられてきました。騎士になれたときは誇らしかった。団長になって、もっと、もっとよくしようと思った。ここが俺の居場所だからです」

レオルディドは、ふと我に返ったように瞬いた。

「すみません、話が逸れてしまって……殿下？」

エメリーヌの表情に気づいたのか、ハッと目を見開く。

「エメリーヌ？」

「……わたくし、知っていました」

エメリーヌは涙をぬぐい、微笑んだ。

「あなたは優しい人です。まっすぐな人だと」

「そんなことはありません」

レオルディドは顔をしかめ、痛みをこらえるようにギュッと目をつぶった。

「俺は優しくなどありません。まっすぐでもない。あなたが出歩くたび不安でたまらない。疑ってしまう。いつか——あの母のように……？　いいや、違う。あなたこそが優しくまっすぐな人だ。夏に咲く花のように強い。なのに……そうわかっていても疑ってしまう。俺は恐れてしまうのです」

「レオルディド」

「騎士たちが……言うのです。殿下はお綺麗だ、妻にされて羨ましい。……あなたを邪《よこしま》な目で見る男たちはここよりさらに辺鄙《へんぴ》な砦に移してやりたくなる。だがそれは権力の濫用《らんよう》だ。そもそも、そうしたら騎士たちが全員いなくなってしまう」

「全員というのは……」

「ほんとうです。ここには幼いときから俺を鍛えてくれた年配者もいますから、彼らはとくに……殿下の耳にはけして聞かせられないことを口にします。リーグでさえも、あなたに心惹かれているような、そんな口ぶりだ」

「リーグ？　ティヘタ騎士ですか？」

エメリーヌは眉をひそめた。

分神殿に置き去りにされたことといい、これまでのティヘタの様子や言動を思い出してもそのような感じはまったくなかった。

(男の人同士の会話だとまた違うのかしら)

レオルディドもシリルと話しているときは、友人というのを別にしても、違う顔を見せていた。同性同士の気楽さというものなのかもしれない。

ティヘタとは幼いころから一緒だというのなら、そうしたやりとりもずいぶんと砕けたものなのだろう。

「ですが、立派な騎士だと思われますわ」

「もちろんです」

レオルディドはしぶしぶ頷いた。

「あいつは……幼いころからともに育った仲間です。互いに剣の腕を磨き、つらいときには励まし合った。ラーツ戦争でも一緒でした。敵に斬りつけられ、落馬しかけ……それでもリーグは最後まで戦ってくれた。だれより頼りにしている男です。だが、そんなリーグのことも俺は疑ってしまう。あいつの口から殿下のことが出るたび……」

「レオルディド」

エメリーヌは夫の言葉を遮り、滑るようにして寝台から下りた。腰を下ろしたままのレオルディドに向き合って立ち、中腰になって彼の顔を両手で挟む。

「そんな顔をしないで」

「……怖い顔ですか。怪物の像《ガーゴイル》のような？」

自嘲するように言う男の目を覗き込んだまま、エメリーヌは首を振った。

「つらそうな顔です」

「……」

「あなたにそんな顔をさせるくらいなら、ここでずっと一生過ごします」

「殿下」

「本気です」

エメリーヌはきっぱりと言ってから、身体を傾け、たくましい肩に手を滑らせた。

「わたくし、そもそも王宮でも出歩くことはありませんでしたし。こんなに素敵なお部屋ですから、ここで刺繍をしたり本を読んだりして過ごします。やることは多いのですよ。もっと寒くなったら、シリルに毛皮を送ってもらって、あちこちに飾ったりしましょう。手紙を書きますわ」

「殿下……エメリーヌ」

レオルディドはエメリーヌのほっそりとした腰を支え、広げた自分の足の間に導くと、しまい込むようにしてギュッと抱き締めた。

「ほんとうはシリルにもあまり関わってほしくない」

梳《くしけず》ったばかりの艶々とした金色の髪に顔を埋《うず》め、彼は唸るように言った。

エメリーヌは笑った。

「困りましたわ、シリルは手紙を楽しみにしていると言っていましたし」

「あいつはいつもそうだ。そうやって俺を揶揄うのですよ、まったく」

「シリルといえば……ねえ、レオルディド？」

夫の背中をぽんぽんと叩いて力を緩めてもらうと、エメリーヌは男の腕の中で反転し、身体を預けて力を抜いた。

レオルディドは流れるようにエメリーヌの身体をすくい上げ、自分の腿に座らせた。そうしてから、あらためて腕の中に閉じ込める。

「なんです、殿下？」

「シリルは結婚しないのかしら？」

「あいつが？　どうでしょう、俺と違って色々と立場もある男ですから、あまり立ち入らないようにしています」

「つまり知らないのね？」

「そうですね」

「わたくし、シリルはロザンナお姉様が好きなのかしらって……まあ、どうして笑っているの、レオルディド？」

「俺には、姉に振り回される弟のようにしか見えませんが……」

エメリーヌの腰に当てた手に力を込め、さらに引き寄せたレオルディドは、間近で妻の明るい青い目を見つめて微笑んだ。

「まあ、あいつの気持ちの在処《ありか》を探るのは、本人が来たときにしましょう」

「シリルが来るの？」

「今朝、報《しら》せが届きました。殿下のおっしゃった毛皮は、すでに見繕って用意しているそうです。ガイヤ国から譲られた稀覯本《きこうぼん》も持っていくと書いてありましたよ」

「ほんとう？　嬉しいわ！　オレリアもきっと喜ぶわ、踊りだしてしまうかも」

「侍女殿が？　それは見逃せない」

レオルディドは笑いだした。その振動で身体が揺らされ、エメリーヌも笑いながら夫の首に手を回してしがみつき、腰を浮かせた。それでなくてもレオルディドの足は硬くて座り心地がよくない。

「殿下……エメリーヌ」

ふと笑いを収め、レオルディドは大きな手でエメリーヌの頬を包んだ。その手をゆっくり滑らせ、不器用そうにも見える太くしっかりとした指で金色の髪を梳いていく。どんなに素晴らしい高価な櫛で梳るより、優しく心がこもった仕草だった。

うっとりと目を閉じたエメリーヌに、唇が重ねられる。

「……さきほどの話ですが」

触れるだけの口づけの後、唇を浮かせてレオルディドはささやいた。

「俺の我儘《わがまま》だとわかっています。でも、できるだけそうしてほしい。外を歩いたり、だれかに会うときは俺が一緒のときだけです」

「はい」

「それと、スタリー鳥に入るのも控えてほしい。塔から外には出られないようになっているが……あなたがこの身体を置いてどこかに行くのは……なぜか、とても嫌なのです」

「努力いたします」

エメリーヌは夫のざらついた頬を指先で撫で、口づけの続きを促しながら答えた。

「わたくしはあなたの妻ですもの、言うことを聞きます」

「ありがとう」

レオルディドは感謝の言葉とともに優しく唇を触れ合わせた。

口づけはすぐに親密さを増したものに変わった。ふっくらとしたエメリーヌの唇を食《は》むように挟んで湿らせ、舌を差し入れて求めてくる。

「あ……」

応えたエメリーヌの小さな舌と絡めながら、レオルディドは身じろいでエメリーヌの女性らしい曲線を大きな手で探った。

寝間着の裾がさっと引き上げられ、肌を舐めるように硬い手のひらが弄《まさぐ》っていく。内腿に当てられた手で、グイと足を開かされた。

「や、あっ」

声をあげて仰け反ると、敏感な窪《くぼ》みを指先でスッとなぞられた。下から上に。指はそこで止まって、くるくると円を描くように刺激する。

「……っ」

エメリーヌはぶるっとふるえ、レオルディドの肩から腕へと手を移した。シャツの袖ごと、爪を食い込ませるようにきつく引っ掻く。

う、と呻き声がして、愛撫をする手が止まった。

「……レオ……？」

熱を帯びた吐息をついてうっすらと目を開けると、すぐ間近の男の顔がひどく歪んでいた。

エメリーヌはギョッとして、夫の腕に置いたままだった手にさらに力を加えてしまった。

「つ……っ」

レオルディドが身体を強張らせ、ぎこちなく肩を竦ませる。

「……エメリーヌ、手を離してもらっても？」

「え、ええ」

言われた通りにすると、レオルディドはぎこちなく肩を回した。

エメリーヌは自分の手を見た。そういえば手触りがおかしかった。

「レオルディド、あなた？……まあ、どうなさったの？」

腕にそっと触れると、たしかにシャツの下はいつもの素肌ではなかった。布を巻いているような感触がある。

「なんでもありません」

レオルディドは眉間にしわを寄せたが、エメリーヌはすばやかった。紐が下がるシャツの襟元を広げ、自分の手を差し入れて引き剝がすように寛《くつろ》げさせる。

たくましく盛り上がった胸板と、上腕、そして。

「……お怪我を？」

レオルディドの腕には包帯が巻かれていた。

「たいしたことはないのです」

困ったような声で言ったレオルディドは、エメリーヌの手をそっと握ってシャツから離すと、大げさなのです、と苦笑した。

「練兵場で多少の怪我はつきものですし、これは剣の切り傷などではなく打撲ですから」

「打撲？」

「黒騎士団の訓練は荒っぽいので、よくあります。すぐに手当てしてしまいましたし、明日には腫れも引くでしょう。それよりエメリーヌ……」

眉をひそめたまま見上げると、レオルディドは視線を絡ませたままゆっくりと目を細めた。

「……もう言いましたか？」

「え？　なにを？」

「あなたの青い目に溺れそうだと……？　いや、溺れている。優しい心にも。この柔く白い肌にも……」

レオルディドは唇を重ねると、そのままエメリーヌを引き寄せ、身体の下に巻き込むようにしてベッドに押し倒した。

「あ……」

膝で足を広げさせ、滑り落とした手で親密な愛撫をはじめる。愛しむように手のひらで包み、優しく揺すられる。

「ん、ぁあ、あっ」

中断させられ、火が燻っていたそこが一気に熱くなり、蕩けた。男の手の下で、くちゅ、くちゅと濡れた音が響く。

（はしたない）

だがこれ以上を望んでいる。もっと触って。もっと。そして……。

「……んっ」

同じように熱くなっていたレオルディドはすぐに応えてくれた。滾ったものをあてがい、力強く突き入れてくる。

エメリーヌは背を反らし、深く受け入れた。男が中でさらに大きくなっていくのがわかった。

満たされる感覚に、エメリーヌは甘い声を上げた。

唸るような声が聞こえて、律動がはじまった。激しく。強く。

「あっ、ん、あ、レオ、あ……っ」

火花のように快感が弾け、なにもわからなくなっていく。

エメリーヌは必死でレオルディドにつかまった。

レオルディドもまた、すがりつくようにエメリーヌを抱き締めた。しっかりとつかまえたまま、彼は激しくエメリーヌを愛し、中にも心にも刻むように激情を叩きつけた。

六章　ずっと一緒にいます

1

エメリーヌは手の中の温かなカップをテーブルに戻した。

王宮から大切に持ってきたお気に入りのカップで、様々な花が絵つけされた小さなものだった。しかしここに注がれた一杯を飲む間もなく、騎士たちの家族である市街地の女たち、その代表として現れた数人は退出してしまったのだ。

「……緊張していたのよね、きっと」

王女のための居間、その窓の下の長椅子に腰かけたエメリーヌが、斜め前に立つリーグ・ティヘタに目をやると、同席していた彼は頷いた。

「ほとんど挨拶だけでしたね」

「残念だわ、ほんとうに。色々聞きたかったの。前に言っていたでしょう？　侍女見習いとして街の女性を、という話を。オレリアがいるのでどうかとも思っていたけど……」

厨房に続く扉の前に立つ侍女を気遣うように見ると、オレリアは眉を上げて気にしていないと合図を送ってきた。

侍女のおどけた仕草に苦笑してから、エメリーヌはため息をついた。

「街の女性たちの手助けにもなるかと考え直したの。わたくしもこう見えて王女ですから、なにかの力になれるかもしれないでしょう？」

「そうでしたか」

「でも、なにか話す前に……具合が悪くなったと言われたら……」

はあ、とまたため息が出てしまう。

「殿下、気にされることはありません」

ティヘタは慰めるように首を振った。

「具合が悪いというのは言いわけでしょうが……まあ、仕方ありません。ほとんどの女たちがこの城砦から出たこともないのです。出身も王都のような大きなところではではないし、ようするに田舎者《いなかもの》です。どうしていいかわからなくなったのでしょう」

「そうかしら……」

「そうです。殿下には、どうか悪く思われませんように」

「まあ、悪くなんて思うはずがないわ」

エメリーヌは開かれたままの扉の先に目をやった。

「もっと話をできたらよかったのだけど」

(ほんとうに残念だわ)

騎士たちはもちろん、その家族との交流も楽しみにしていた。

市街地の女たちは、相互扶助の精神で強く結びついているのだという。家族の中心である騎士、つまり夫や父親、兄弟といった存在を失ったとき、残された者たちで支え合うようにしているのだ。

そうした女たちと関わりを持つことで、レオルディドを支えられる手のひとつになれるのではないかとエメリーヌは考えていた。

その矢先、面会の申し入れがあった。

エメリーヌは約束通り、居館の三階から出ることはなかった。昼は暖かな部屋で、王宮にいたころと同じようにオレリアとふたりで過ごし、夜はもっと暖かな腕の中で眠った。

副官のリーグ・ティヘタも、用がない限りは足を踏み入れさせなかった。

数日、そうして過ごしていたので、レオルディドも申しわけないと思ったのだろう。市街地の女たちと会うことを許し、ティヘタを含め、居間に入れるのも認めた。

そこに自分も同席するつもりだったのが、またしても練兵場で訓練中に事故が起こり、離れられなくなった。

先に話していてくださいという伝言は、彼の親代わりでもあったバートルが届けに来た。神官はそのまま残り、事故を心配するエメリーヌにレオルディドの様子を伝えていたが、そうするうちティヘタが女たちを案内して入ってきたのだ。

女たちはいずれも強張った面持ちだった。立ち上がって迎えたエメリーヌの前でぎくしゃくと頭を下げ、ついにはそのまま上げずに帰っていった女もいたほどだ。

(落胆したような目でわたくしを見ていた人もいたわ)

エメリーヌは自分の装いを見下ろした。ふわりとした灰色の毛皮で襟と袖口を縁取っただけの、機能性を重視した薄青色のドレス。まとめた髪には被り《キャップ》ものをつけただけで、装飾品は控えめな指輪がひとつ。

王宮の貴婦人たち——そう、ロフル公爵夫人ウイユあたりが目にすれば、ここぞとばかり鼻で笑われるような装いだったかもしれない。だが。

(動きやすいし締めつけていないし、わたくしはこちらのほうがいいのだけど……)

自分的にはかなり気に入っている。それに権威をひけらかすような過剰な飾りはわざと外していたのだが……街の女たちの目には物足りなかったのかもしれない。

(大げさなくらい派手なほうがよかったのかしら)

わからない。

そもそも、自分たちから会いたいと言ってきて帰ってしまうなんて……。

だがこの交流を諦めたくはない。王宮にいるときは甘えもあって、ついに馴染もうともせず出てきてしまった。

ここでは同じことを繰り返したくない。

(わたくしからもっと近づく努力をしなくては)

「またすぐに会って話がしたいわ、彼女たちにそう話をしておいてくれる？」

決心を固めてそう強く言うと、副官は不思議そうな顔をした。

「それはもちろん、お望みのままに。ですが王宮でお育ちの殿下の相手などにはならないと思いますよ。ここは退屈なところです。人もそうだ」

含みのある言い方に、エメリーヌは顔をしかめた。しかし彼は気づかず、日射しの注ぐ窓の外にひらりと手を向けて続ける。

「これから寒さも増します。風は強く、暴力的。そしていつはじまるとも知れない争いの最前線。王宮に戻られるのがよいものかと……まあ、騎士ひとりの勝手な意見です。失礼いたしました」

自嘲するようにティヘタは苦笑した。しかしエメリーヌの表情にようやく気づくと、口元を手で抑え視線を逸らす。

彼の目はあちこち忙《せわ》しく動かされ、開いたままの扉を睨んで止まった。

「……分神殿長は遅いですね。女たちを城門まで送っていくなど……放っておけばいいのに。

また市街地まで一緒になどと言って、分神殿長を困らせているのでしょう」

「……」

「街の女たちは結託しているのですよ。団長が甘やかすから、このところ図に乗っているので……俺としては、今後、ここに通すのもどうかと」

「それを決めるのはあなたではないわ」

エメリーヌは胸中で生じた苛立ちを隠し、微笑んだ。

「次はもっと話して、彼女たちを知りたいの。わたくしのことも知ってもらいたいし」

「女たちが王女を？　不敬なことですよ。そう思いませんか、侍女殿？」

リーグは可笑しそうに答えて、オレリアに目を向けた。侍女は顔を上げたが、首を傾げただけで答えなかった。

ティヘタは肩を竦め、エメリーヌへと視線を戻した。

「女たちは面会が叶《かな》っただけでも恐れ多いことです」

「わたくしはまた会うわ」

エメリーヌは強く言い返し、騎士から離れるように立ち上がって背を向けた。

「ありがとう、もう下がってください。休みます」

リーグ・ティヘタを追い出した後も、胸のざわつきが収まらなかった。

（ティヘタ騎士は王宮にいたと言っていたけど……）

本来なら、同僚であり部下の家族である女たちを擁護するところだろうに、彼の口ぶりは権高な宮廷人のようだった。エメリーヌが馴染めなかった人種だ。

しかしティヘタはレオルディドの副官で友人でもある。王宮育ちの自分を慮《おもんぱか》った発言だったのかもしれないと思い直す。

エメリーヌは燻っている怒りを追い出すように、長い息をついた。

途端、めまいがした。

「殿下！」

駆け寄ったオレリアにふらついた身体を支えられた。エメリーヌは侍女の手につかまり、目をしばたたいた。

「平気よ、だいじょうぶ」

「環境が変わり、疲れが出はじめているのかもしれません。まずはお座りください」

「ええ……ありがとう」

長椅子に戻り、オレリアの手を借りて座り直したとき、ふ、と意識が遠くなった。

「殿下！」

オレリアの悲鳴に似た声に重なり、ピピ、と馴染んだ鳴き声が頭の奥で響き……。

……気づくとスタリー鳥の中にいた。

鉄枠で仕切られたガラス越しに外を見ている。まだ午後のはやい時間だった。空は褪《さ》めた青い色で、糸くずのような雲がすごい勢いで流されている。

そんな空の下にある灰色の城壁。さらに下に目を転じれば、黒い影のような騎士たちが横切っていく。

（ここは……）

分神殿奥にある尖塔、吹き抜けになった高い天井の一角だった。

行こうよ、とまた声が聞こえた。

（どこに？）

答える代わり、スタリー鳥の意外に長くたくましい足が窓を蹴った。ガラスが緩んでいるものがあると言っていたが、その後、蹴ったりつついたりしていたのかもしれない。手のひらほどの大きさのガラスが一枚、鉄枠から外れた。

ヒュ、と風が吹きつけ、あ、と思ったときには開いたところを擦り抜けていた。

——行かないと。

頭の片隅で響く声。アルシアに似たその声。

翼を広げて飛び出した。風に全身を叩かれる。息がとまる。

エメリーヌは久しぶりの感覚に驚いた。飛んでいることも、スタリー鳥に入っていることも――そう、スタリー鳥に入っている。

これまで女神の力は制御できていると思っていたし、実際、そうだった。

現状に少しの怯《おび》えはあったが、気持ちを切り替える。

（なにか緊急のことかもしれない）

王宮でそうだったように、助けを求める声に反応したスタリー鳥がエメリーヌを呼び、引きずり込むようにして同調させたこともあった。

（街の女性たちになにか？）

不安を覚え、城門の見える位置まで近づいていく。

エメリーヌは慎重に翼をたたみ、風を避《よ》けて潜り込んだ常緑樹の、灰色の幹に身体を押しつけて息をついた。風で枝がしなり、ざざ、ざざ、と葉擦れの音が続く。

黒牙城砦は二重の壁に囲まれていて、都市部は外側の壁との間にある。内側の壁の中にはエメリーヌが過ごす居館もあるが、その大部分は練兵場だった。つまりどこかしらで必ず騎士たちの訓練があるのだ。

見張り塔、井戸を守る塔、点在する厩舎《きゅうしゃ》も多く、普通の領主が所有する城とは異なっていた。壁は高く厚く、城門の堅牢《けんろう》さも比較にならない。

エメリーヌはその城門の方角を見て、ピ、と鳴いた。

（もう帰ってしまったわよね）

短い面会の後、街の女性たちはここから帰っていったはずだ。

だが探してもそれらしい影はなく、城門の周囲には当番の兵や騎士見習いの若者が行き来しているだけだった。

彼らの声も間遠に聞こえたが、その中のひと言にエメリーヌは反応した。

団長が怪我を――と聞こえた。

レオルディドは練兵場での事故で、街の女性たちとの面会も見合わせていた。

よくあることなのですと、それを伝えたバートル神官もティヘタも言っていたが――おかしくないだろうか？

(先日も同じ訓練中に事故があって……怪我をされていたわ)

そのときの腕の打撲は本人が言うよりひどい状態だった。朝になって目にしたエメリーヌが、今日は休んでほしいと涙ながらに訴えたほどだった。

結局、レオルディドはその日も団長としての務めを果たしていたが、思い返せばその後も小さな切り傷を含めてどこかしら怪我をしていた。

騎士なのだから仕方ないと思っていたが、騎士団の頂点に立つ男が、毎日、怪我をするほどの訓練をするだろうか？　しかも毎日？

(だれかに狙《ねら》われている……とか)

ありえないことではない。様々な顔が頭を過ぎっていく。

心臓が落ちていくような不安に囚《とら》われ、エメリーヌはぎこちなく翼を広げた。行かなくてはならない。レオルディドのところへ――息が苦しくなるような切羽詰まった感覚は、刻一刻と強くなっていく。

(レオルディド!)

風を受けてぐんと高度を上げ、全体から探す。スタリー鳥は目がいい。城壁に添うように細く作られた練兵場に、馬が数頭、群れているのをすぐに見つけた。

カッカッとひづめで地面を叩いていた一頭の馬が、まるでスタリー鳥に気づいて呼ぶようにいないないた。

近くには、黒い外套姿の騎士たちもいる。その中、ひとつ頭が飛び出た長身を見分け、エメリーヌは彼の名を呼んだ。

(レオルディド!)

ピッと甲高く響く声とともに下りていく。

一頭、横倒しになっている馬が見えた。それを囲む形の騎士の中に、座り込んでいる姿もある。周囲にある黒っぽい染みのようなものは血だろうか?

ふとレオルディドが顔を上げ、まっすぐこちらを見た。

灰色の目が鋭く細められる。

エメリーヌはギクッとして、とっさに翼の角度を変えて浮き上がった。その一瞬、人よりずっと広い鳥の視界の端に、きらりと光るものが映った。

城壁に併設された見張り塔、黒く立ち聳えるその壁にある隙間のような、細くくり貫かれた窓。そこから片腕を突き出し斜《はす》になった人の影……。

(弓)

光ったのは矢だ。人影が伸ばした手の先、鋭いその矢が下に向けらる。

レオルディドのいる位置に。

(なんてこと!)

矢が放たれるのと同時に、エメリーヌは羽ばたいた。

スタリー鳥に秘められた力を放ちながら飛ぶ。その力の軌跡、宙に迸った虹色のきらめきは、一瞬で切り裂かれた。

ヒユッーーと、不吉なその音。そしてすぐに巨大な手で叩かれたような衝撃が走り、視界に白いものが散る。

羽だ。

(わたくしの羽)

矢が当たったのだと意識する間もなかった。力が抜けていく。意識が暗くなる。

エメリーヌは落下した。

2

（夢を見ているのだろうか）

血管が透け青みを帯びた瞼の下で、眼球が動いている。

薄く開いた唇は微笑んでいるようだ。

レオルディドは膝の上に置いていた手を伸ばし、ベッドに横たわる妻の金色の髪に触れた。

オレリアがいつも丁寧に梳いているので、艶々している。

「エメリーヌ……」

指の背で頬を撫で、何度も呼びかける。エメリーヌ、エメリーヌ……。

（目覚めてくれ）

腹の底まで重たいなにかをいっぱいに詰められているような、そんな苦しさに耐え兼ね、レオルディドは唸った。

（目を開けて俺を見てくれ）

手のふるえを必死に抑え、ひと回り小さくなってしまった顔をそっと包む。

（これ以上は待てない）

——エメリーヌが倒れたのは五日前だった。

市街地の女たちが数人、エメリーヌと面会した日だ。レオルディドも同席するつもりだったが、馬たちが暴れ事故があったと呼び出されて行くことができなかった。

女たちはすぐに帰ったと聞いている。そして副官のリーグ・ティヘタも。

オレリアとふたりきりになったエメリーヌは、直後、居間の長椅子の上で昏倒《こんとう》したのだという。

(スタリー鳥に入っていらした)

あの日、練兵場の空にいた白い鳥の姿が脳裏を過ぎる。

見張り塔から飛来した矢——あれは確実に自分を狙っていた。その軌道に横手から入ってきた鳥影……。

突き刺さった矢の勢いのまま、白い羽を散らして落ちる姿が目に焼きついている。

スタリー鳥を慎重に抱き上げながら、レオルディドは全身の血が凍りつくような恐怖と怒りに突き動かされ、居館の三階へ急いだ。

エメリーヌは意識を失ったままだった。

そばにいた侍女のオレリアは、レオルディドの様子と、腕に抱えられたスタリー鳥を見て顔色を変えた。

スタリー鳥は片翼に矢が突き刺さっていた。ふっくらとした胴に傷はなかったが、こちらも意識がない。

王女がスタリー鳥と意識を同化させることを城砦の中で知っているのは、レオルディドと侍女のオレリア、そして本神殿からきたシダン神官だけだ。

すぐさまシダン神官が呼ばれた。

その間、スタリー鳥をオレリアに渡し、レオルディドはエメリーヌを抱き上げて寝室に運んだ。ほどなく目覚めるだろうと思っていた。怪我を負ったのは王女ではない。すぐに目覚める、きっと。

だがエメリーヌは眠ったままだった。

シダン神官は状況に取り乱すことなく対処した。とはいえ女神の力を持つわけではないので、エメリーヌとスタリー鳥の同調がいまどうなっているのか、その判断はできない。

彼ができたのはスタリー鳥の手当てと、本神殿に宛てた書簡を用意すること。そして祈ることだけだった。

同じく眠り続けるスタリー鳥は大きな銀色の籠に入れられ、寝台の脇に置かれている。万が一、鳥の中にエメリーヌが入ったままだったら……と思うと、分神殿に戻す気にはなれなかった。

オレリアがいつものようにエメリーヌを世話した。ただ眠っているだけで身体の機能は正常だと確認すると、レオルディドは侍女に託して居館の三階を封鎖した。

——自分を狙って放たれた矢。

射手はだれだったのか、なぜやったのか。

以前から続いていた小さな出来事も含め調べなくてはならないと決心した。

五日前の練兵場での事故も、軍馬として鍛えられた馬たちが急に暴れだしたのはおかしい。生き物なので絶対にないことではないが、そのうちの一頭は泡を噴いて死んだのだ。レオルディドも使う、黒騎士団で最高の馬だった。

狙われる覚えはないのだが、こうなっている以上は認めるほかない。

レオルディドは人を使わず、自身で調べた。バートル神官も、ティヘタ副官も、どの騎士もどの使用人も頼らなかった。

そうしたレオルディドの態度に、城砦の雰囲気は悪化していった。王女を妻にしてから変わったと、そういった噂が加速したのもわかっていた。

そうした不穏さも、もしかすると噂を煽っている者がいるのでは——と黙々と調べた。

黒騎士団は自分を育ててくれた大切な居場所だった。

疑いたくない。壊したくない。

(だが、殿下の安全には代えられない)

眠り続けるエメリーヌを思えば、どんなことにも耐えられた。

やがて——様々なことがわかってきた。

たとえば見張り塔の窓に残されていた足跡や、残されていた血痕。厨房からなくなっていた薬草の一部、厩舎を担当する男たちが目にしたもの。

騎士たちの噂、使用人たちの態度。市街地の女たちの話、訴え。

拾い集めたものを線にすれば、その先端は一点に収束してレオルディドに答えを示した。

（なぜだ）

身体の中が虚ろになっていく気がした。なぜ、おまえが……。

「……」

レオルディドは手の中にあるほのかな温もりに意識を傾け、軋む気持ちを追い出した。

青白く小さな顔を見つめる。眠り続ける愛しい王女を。

（あなたに触れたい。愛したい、エメリーヌ）

自分の手でできることは、剣を取って戦うことくらいだと思っていた。武具の手入れをしたり、馬の世話をしたり。辺境の淡い空の下、土埃や泥にまみれ、汗だくになっているのがふさわしいのだと。

だが、繊細で美しいものだけに囲まれてきた王女を愛することもできるのだ。

そのことがどれほど幸せだったのか、ようやくわかった。

（また青い目を見せてほしい。微笑んでほしい）

「エメリーヌ……！」

眠り続けて五日。スープやミルクなどを飲ませているが、これ以上は持たないかもしれない。上掛けの下にある身体も小さく、あまりに薄くなっている。

レオルディドは恐怖にふるえた。

（俺は……こんなにも……）

鼻の奥が痛み、涙が滲んだ。

泣いたことなど思い出せないくらい昔のことだ。捨てられるようにしてここに来たときも、訓練でひどい怪我をしても涙は見せなかった。戦場で隣を駆けた友人がいなくなっても、泣くということはなかったのだ。

なのにいま、ほんの少し力を込めれば砕けてしまいそうな、か弱くほっそりとした女性のせいで死にそうなほどつらい。

声をあげて泣きたい。

彼女がずっとこのままなのではと、そんな想像をして心底怯えている。

「エメリーヌ、お願いです」

ふるえながら、レオルディドはささやいた。

「あなたの目が見たい。声が聞きたい。触れたい……愛している、エメリーヌ」

涙が頬を伝い、王女の真っ白な頬の上にパタパタと落ちていく。

しかし彼女は目覚めない。

「聞いていますか、エメリーヌ。愛しています、愛している……」

ふふ、と笑う声を待つ。彼女はきっと恥ずかしそうに、でも嬉しそうに笑ってくれる。わたくしも、と答えて目を開けてくれるのではないかと――……。

「――ロフル団長」

耳を打ったのは、疲労でかすれたオレリアの声だった。

レオルディドはエメリーヌから手を離し、涙をぬぐった。中腰だった姿勢を戻しながらゆっくり振り返ると、開いたままの扉の前に立つ侍女が深々と頭を下げた。

「アルシーク公爵閣下がお着きになりました」

レオルディドは頷いた。

「殿下を頼みます」

「命に代えましても」

顔を上げたオレリアは表情を崩さず、扉の前から退いた。

レオルディドは壁に立てかけていた愛剣を手にすると、足早に寝室を出た。

アルシーク公爵シリル・ソーヴへの連絡に黒騎士団の組織を使わずに済んだのは、アルシーク領から荷物を運んでくる商人に託すことができたからだ。

シリルの子飼いの商人で、何度も訪れ、レオルディド含め多くの騎士と馴染んでいた。おかげで商人も慣れたもので、仕事が済んでも城砦で数日過ごすようになっていたのだ。

商人は最大の速度で帰領してくれたようで、公爵に手紙が届いたのは、エメリーヌが倒れてから二日後の夕刻だった。

シリルはその夜のうちに領地を出て王都、王宮を目指している。

直線距離にすれば黒牙城砦よりも王都から離れているアルシーク公領だが、平地に整備された街道の賜物で、より短時間で行き来ができた。

自分の地位と血筋を最大限利用し、得るものを得たシリルはとって返し、すぐさま黒騎士団領に入った。

そしていま、傾いた太陽が灰色の雲の縁を金色に光らせる、そんな時間に彼は黒牙城砦に着いたのだ。

「レオルディド・ロフル」

アルシーク公爵シリル・ソーヴは、居館の一階部分、灰色の石床も陰鬱な広間にぽつんと立っていた。夕刻の匂いの濃い、傾いた金色の光が彼を照らしている。

もとは鮮やかな青だったはずだが、埃で汚れた外套はシリルの身体にぺたりと力なく張りついて垂れている。王宮で見せていたアルシーク公爵としての端麗さは褪《あ》せ、金褐色の髪もくすみ、肌も乾いて荒れていた。

だがレオルディドには懐かしい姿だった。そもそもふたりは、荒れ地の戦場で出会ったのだから。

レオルディドはカツと踵を鳴らし、大股に歩み寄った。

「よく来てくれた、シリル・ソーヴ」

「従姉妹殿のためだ」

シリルは片眉を上げて嘯《うそぶ》いた後、懸念をあふれさせた。

「……容体は？」

「眠り続けている」

なるべく感情を挟まずに答えたが、シリルは痛ましそうに目を細めた。しかし友人はすぐに微笑んだ。

「わたしはそれほど案じてはいないよ、レオルディド。おまえの望みの本神殿長様をお連れすることは無理だったが、事情をお伝えしたところ、心配はいらないという伝言をいただいている」

レオルディドは顔を輝かせた。

「そうか」

「殿下がスタリー鳥を連れていくことを許したのも本神殿長様だ。あの御方は未来を少しだけ視《み》る力をお持ちだからな。エメリーヌ殿下がここに移る際にも、スタリー鳥の権威を重視して神殿から出すことを反対する王族や神官たちに、ふたりの王女殿下を救わなければならないと言われた」

「ふたり……？」

「そうだ」

乱れたままの髪をかき上げ、シリルは息をついた。

「エメリーヌ殿下とアルシア殿下だ」

「だが、アルシア殿下は」

五年前、王都に蔓延《まんえん》した病で命を落としている。

色とりどりの花の中で横たわっていた、十四歳で未来を絶たれた王女を模《かたど》った石像を思い出し、レオルディドは眉をひそめた。

シリルは、ゆっくりと首を横に振った。

「本神殿長様はエメリーヌ殿下を強く案じられ、わたしに……神官の道を進まなかった王族には伝えないことまで教えてくださった。おまえにも伝えろと言われたよ」

シリルは広間の端にある、白と黒の石で交互に飾りつけた巨大な暖炉に目をやった。その炉床では金色の炎が身をよじっている。

「レオルディド、これから語るのは独り言だと思ってくれ。王族の秘密……女神の力の秘密だ」

「わかった」

きっぱりと答えると、シリルは目を戻して頷いた。

「王族は女神の血を引く。そして女神の力を持つというのは、血を通じて貸してもらっているということなんだ。女神は地上に、自らの力を置いていったのだよ」

シリルはなにかを持つように両手を広げた。

「そうだな、巨大なパンの形をしているとしよう」

「パン」

「たとえだよ、そんな顔をするな。……まあ、その女神の力という名のパンを、切りわけて与えられるわけだ。口にできるのは王族だけ。それぞれの資質で力は様々に変容するし、いまでは血が薄れてパンそのものをうまく口にできない者もいる」

「……」

「そしてこれが大事なところだ。パンはいつも、すべてなくなるまでわけられるものではない。むしろパンとして残されている部分が多い。つまりこの地上で、女神の力を蓄えているところがあるということだ」

レオルディドはハッとして、身を乗り出した。

「それがスタリー鳥か！」

「そうだ」

シリルは微笑んだ。

「だからあれらは女神の鳥と呼ばれる。女神の力の容《い》れもの、空《から》の鳥。……レオルディド、考えてみてくれ。女神の力を持つスタリー鳥に意識を重ね、使役できる女神の力——そんなものがあると思うか？」

「……っ」

女神の鳥。だからこそエメリーヌは、女神の力でスタリー鳥に意識を重ねることができるのだと思っていた。

だが、スタリー鳥そのものが女神の力ならば……？

「……すまん、よくわからん」

レオルディドは頭を抱えた。

それでなくてもこの数日、眠ることもできず疲弊している。身体はどうにかなっても、精神はほぼ限界だ。頭の中で幅広の剣を研《と》いでいるような、ズリズリ、ズリズリ、というざらついた音がずっと続いている。

「女神の力自体、俺には遠いものだし……考えられない、いまは」

「そうか、そうだな。すまん」

シリルはあっさり謝って、少し黙考してから続けた。

「スタリー鳥の中にある女神の力の中に、アルシア殿下の意識が残っているんだ」

「アルシア殿下の……」

「女神の力を持つ王族が死ねば、身体に宿していた女神の力はスタリー鳥に戻る。その中で水が濾過《ろか》されるように、女神の力に染みついた本人の意識もいずれ消えていく。だが、アルシア殿下の意識は消えなかった」

「そうか、だから殿下はスタリー鳥の中ではアルシア殿下を感じると……！」

「そういうことだ。エメリーヌ殿下はスタリー鳥に残るアルシア殿下と同調していたんだ」

シリルは長いため息を落とした。

「十四歳で別れたおふたりを思うと切ないな。……だから本神殿長様も、殿下たちおふたりが納得して離れるのを待っていたんだ」

「……」

レオルディドは黙って頷いた。

ふと落ちた沈黙の後、王宮での洒脱さが嘘のように、シリルは髪をかきむしって悪態をついた。

「くそ！　それが、こんなことに！　おい、レオルディド、わたしの従姉妹を射たのはどいつだ？」

旅の疲労を示す充血した目でレオルディドを睨むと、シリルは指を鳴らした。パチン、と弾けた金色の光が瞬いた。

「吹っ飛ばしてやりたい。おまえのことだ、調べたのだろう？　捕らえたか？　わたしがやるぞ？」

「いや」

「いや？　見つけていないのか？」

「そうじゃない」

ふ、と息をついて表情を消したレオルディドは、戦場でそうだったように殺気を放ち、腰に佩いた剣を鳴らした。

「やるのは俺だ」

3

幼いころはどちらが自分なのかもわからないほどだった。

自我の輪郭が曖昧になるほど結びついていたのだ。

双子として生まれ、ふたりで発現した女神の力。

ふたりでしか発現できなかった力……。

女神の力は本人が努力して得るものではないから、力が強くても弱くても、たとえ発現しなかったとしても女神の意思であり、区別するものではないと教えられる。

だが目に見えて発現される力の前で、人の心は揺らぐ。

優劣をつけ、判断の材料にしてしまうのだ。それだけが価値のように。

女神の力を発現できなくなったエメリーヌは、そうした無意識の悪意からも逃げた。

スタリー鳥に意識を重ねて飛ぶことには、だれもが眉をひそめた。父母も、王太子の兄も、隣国に嫁いだ姉も。

だが、本神殿長だけが許してくれた。

(構わないよ、と笑ってくださった)

しわが刻まれた顔を思い出す。ひげもなくつるりとした顔で、白い神官服の中に埋もれそうなほど小柄な老人だった。

好きにしなさい。女神も、それでいいと微笑むだけだ。

本神殿長はそう言って、ほんとうに好きにさせてくれた。スタリー鳥に入り、王宮を見下ろし飛び回り、ときに事件に介入してもすぐに神官が来て助けてくれた。

——楽しかったね。

遠くから声が聞こえた。楽しかったね、ふたりでたくさん遊んだね……。

「アルシア？　……アルシア！」

呼んでも、もう姿は見えない。残響のような笑い声だけが薄闇の向こうから届けられる。

星が輝く夜空に包まれたような、不思議な世界だった。ちらちらと瞬く白い光はときに群れ、大きく揺れてその先の金色の世界を垣間見《かいまみ》せる。

薄闇はヴェールなのだ。柔らかく、美しく、しかし厳然とわかつ冷たいヴェール。

——さようなら、エメリーヌ。

白い群光の先から、もうひとつの光のように声が届く。さようならと、何度も。

その声も、やがて金色に変わる光に飲み込まれていった。

(行ってしまう)

アルシアを失う苦しさに、強く胸を締めつけられた。いやよ、いや。いや。行かないで、ずっといて。そばにいて。

また失うのは耐えられない。二度も失うのは……。

「アルシア……!」

だが、これが正しいことなのだと、心の中ではわかっていた。

手放さなくてはならない。スタリー鳥に残されていた懐かしく温かなものが、少しずつ削られるように消えていっているのは感じていた。

だからこそ、スタリー鳥に入る制御もできるようになっていったのだ。

別れが近いのは予感していた。

そのときが来たのだと認めるほかなかった。

「さようなら、アルシア」

エメリーヌは手を振った。答えはもう返ってこなかった。それでも手を振り続けた。

金色の光が閉じるとき、ひらりと、白い羽が見えた気がした。吸い込まれるように消えていったあれはスタリー鳥か、アルシアか。

ほどなく周囲の光も消え、エメリーヌは闇の中で立ち尽くした。

(いつかわたくしもあの光の中に行く)

それまではひとりで歩いていかなければならない。

(いいえ……ひとりではないわ)

そうではない。そうではないのだ。喪失に痛む胸の奥から、温かなものがたくさんあふれてくる。——ロザンナ、シリル、父母、家族。オレリア。

そして険しい顔をした男も。

殿下、と堅苦しく呼ぶ低い声。硬く乾いた手。黒い外套をまとう大きな身体。

優しくて……寂しい人。

(わたくしの黒騎士)

会いたい。レオルディドに会いたい。きっと心配している。

彼はだいじょうぶだろうか？　無事だろうか？

思い出すと急に強い不安に襲われた。

あのとき、矢を放った男がいた。レオルディドはやはり狙われていたのだ。

そばにいたい。守りたい。

(戻ろう)

そう思った刹那、夜が明けるように闇が払われていった。

＊　＊　＊

「これはどういうことでしょう、団長？」

リーグ・ティヘタの薄笑う顔に、突きつけた剣の輝きが照り映える。

レオルディドは、長く友人であり副官を務める男の喉元に剣先を当てたまま、微動だにせず答えた。

「心当たりがあるだろう」

「これが訓練でなければ、とくにはありませんよ」

ティヘタはそう言ったが、言葉ほどには余裕がないようだった。突きつけられた剣をちらちらと見下ろし、呼吸も荒い。笑みを作ろうとする口元が引きつっている。

レオルディドはその様子を冷然と見つめた。

「俺も訓練ならどんなによかったかと思っている」

「……っ」

「なぜ俺を狙った」

「狙う？」

ティヘタは歯軋りし、顎を引いてねめつけた。

「なにを言っているのか、さっぱりわかりませんよ。ひどいものだ、団長閣下。思い込みで剣を抜き、部下たちまでこんな目に遭わせるとは」

広間のほぼ中央で対峙《たいじ》したふたりの周囲には、這いつくばって呻いている騎士たちの姿があった。

ティヘタを含めて四人。思ったより多かった——少なかったと思うべきなのか。

王宮に常駐させていたのは十人だった。エメリーヌとの結婚を機にふたりを残し、八人を入れ替える形で黒牙城砦に戻した。

その八人のうちの半分なのだから、やはり多いのかもしれない。

アルシーク公爵が到着し、そして数日ぶりに居館に呼ばれたとき、ティヘタも予感したのだろう。広間に現れた彼はひとりではなく、三人の騎士を従えていた。

まだ発覚せず副官として頼られると思っていたのか、あるいは公爵とふたりだけのレオルディドを侮ったのか。警戒もせずに入ってきた。

彼らはほんのわずかな時間で容赦なく打ち倒された。

そしてレオルディドはいま、ティヘタに剣を突きつけている。

アルシーク公爵シリル・ソーヴは、暖炉の前のひとり掛けの椅子に座り、疲労で痛むのか足を擦っていた。その様子は、自室の心地よいひとときのようだった。

そのシリルを背後に、レオルディドは繰り返す。

「なぜ俺を狙った」

「同じ言葉をお返しします。なぜ俺たちが……」

「リーグ・ティヘタ」

レオルディドは突きつけた剣をわずかに傾け、冷たい鋼の先でティヘタの顎を持ち上げた。ティヘタの目に恐怖が宿るのを認めてからゆっくりと口を開く。

「おまえとは長いつき合いだ。焦っていることも、怯えていることもわかる」

「……」

「俺をどうやって傷つけようとしたのか、手口は調べた。騎士や使用人たちを言いくるめていたこともわかっている。街の女たちを脅し、殿下と話をさせないようにしたことも」

「そのような……」

「黙れ。質問にだけ答えろ」

「……」

「俺を狙った理由を言え」

「──団長」

外に通じる扉が開いて、ティヘタが隊長を務めていた第一牙隊の黒騎士たちが数人、入ってきた。いずれも外套の下には剣を佩いている。

彼らは入り口近くで足を止めた。レオルディドが目をやると、ひとりが前に出てきた。金色の髪が揺れて、若い顔に影を落としている。

「ラコントル騎士です、団長。俺は証言できます」

「なにを言っている」

ティヘタは顎の下に剣があることも忘れたように、苛立ちを隠さず唸った。

「おまえのようなケツに殻をつけた奴が、なにを……」

「ティヘタ副官は分神殿に俺を呼び出し、殿下を見張れと命じたことがあります」

ティヘタの声を打ち消し、ラコントルの声が広間に響いた。

「その後、副官がどこに行ったのかは知りません。ですが殿下に対しての言い様、そして同じ時間、練兵場で団長が怪我をしたと聞いて不安になり、俺は俺なりに調べてきました。第一牙隊の仲間たちも、不審に思ったことがあると言っています」

「そうか」

レオルディドは頷いた。そして友であった男を見据えたまま、突きつけていた剣を下ろす。

「ティヘタ、理由を言え。それだけがわからなかったものだ」

「……しつこいなぁ」

は、と吐き捨てるように笑って、ティヘタはついに仮面を外した。

「理由なんか、別にそうまで必要なものではないでしょう。俺がやったとわかっているならさっさと捕らえるなり殺すなりすればいいものを」

「……」

笑い声が空気を裂いた。

「は、は！　情けない。ほんのすこーし考えればわかるでしょう、団長？　こいつは俺に優しい、だから俺の友達。俺に微笑んでくれる女、だから俺も好き。……そんな単純な頭ではわかりませんかね」

ティヘタが言い終えた途端、シンと沈黙が落ちた。

肌が切り裂かれそうなほど空気が張り詰める中、入ってきた第一牙隊の騎士たちの、抜剣の音が一斉に響いた。

「情けないのは貴様だ！」

ラコントル騎士の声が響いた。

隊長とはいえティヘタのその肩書きは形式的なものだ。長く王宮に常駐していたティヘタよりも、第一牙隊と関わってきたのはレオルディドだった。

常に団のために考え、行動してきた団長への、若い騎士たちの忠誠は篤い。

しかしレオルディドは、そんな彼らを制止した。

「それより、倒れている奴らを連れていってくれ」

「ですが、団長」

「俺ひとりでいい」

ラコントルたちが、倒れていた三人の騎士を引きずり出していく。

広間にはふたたびレオルディドとティヘタ、シリルだけになった。

窓から差し込む光はすでに頼りなく、ほかに明かりもないので暗い。シリルのそばにある暖炉の炎も、全体を照らすほどではなかった。

そんな仄暗《ほのぐら》さの中に消えていきそうなティヘタの輪郭を見極めるように、レオルディドは目を細めた。

(友だった)

なぜ変わってしまってしまったのだろう? 同じように黒騎士になるべく研鑽し、同じように団のため、国のため戦ってきた。

(なぜ変節した)

「リーグ・ティヘタ」

「もういい」

ティヘタは吐き捨てるように言った。

「もういい、レオルディド。俺はおまえが嫌いだった。耐えられなくなった。それだけだ」

「それだけ？」

「そうさ、それで十分だろう？　おまえの正義面が嫌いだった！」

「リーグ……」

「ラーツでもそうだった。本隊を救いに行くと、敵の真ん中を駆けて……俺はあのとき、死にかけた。二度と戦場には行きたくない」

「……っ」

レオルディドの脳裏に、血塗《ちまみ》れのティヘタが思い出された。彼はあの戦場で脇を刺され、落馬したのだ。命は取りとめたが、ひどい有様だった。

ティヘタの父親は長く黒騎士として務め、市街地にいまも住んでいる。そこで何ヵ月も療養した。レオルディドは頻々《ひんぴん》に彼を見舞った。都度、リーグの父親は、黒い悪魔と敵国から称賛されたレオルディドと引き比べ、息子の怪我を嘆いた。

「騎士だから当然だと、おまえや親父は思っている。命を懸けろ、騎士の務めだ。立派な騎士だ。俺の息子なんだから当然だ。……騎士の務め？　騎士の務め！　騎士の務めぇぇ！」

ティヘタは声を裏返して叫び、子供のように吠えた。

「俺は王宮にいたかったのに！　安全で綺麗なところにいたかったんだよ！」

「……っ」

「王宮にとどまればいいものを……あのクソ女がこんなところに来ると言うから！」

「リーグ・ティヘタ！」

レオルディドは剣の刃先を立て、ティヘタの身体を横から叩いた。その衝撃もあっただろうが、なにより斬りつけられたと思ったのだろう、ギャッと悲鳴をあげ、ティヘタは床に倒れて悶えた。

「殿下に対しての不敬、それだけで万死に値する！」

レオルディドは声を荒らげた。

「おまえの理由などもういい！　処分を待っていろ！」

「……なんだよ」

両断されていないと気づいたティヘタは、仰向けになりながら自分の腰をさすり、へらへらと笑った。

「最後まで聞けよ、レオルディド・ロフル。……ロフルか。結局のところ、その名前のおかげなのさ。おまえが英雄になり、団長になったのも。王女を妻にできたのもロフルの名前があったからだ。勘違いするなよ、恥をかくぞ」

「……」

レオルディドは息を飲んだ。

(英雄になり、団長になったのも。王女を妻にできたのも、ロフルの名前の)

夏の温さを含んだ風がよみがえる。

レオルディドは王宮、その二段宮の一角に立っていた。

庭園を囲む回廊だった。目の前で扉が開く。出てきたのはロフル公爵夫人だ。赤い唇を引き歪ませ、母が嗤《わら》う……。

——恥をかきますよ。

「公爵夫人か」

呟くと、ティヘタの笑いがやんだ。

「……なにを」

「ロフル公爵夫人がおまえに言ったんだな。……ああ、そうか。いくらあの女でも殿下は傷つけられない。発覚すれば大変だ。だが俺なら構わない。傷つけ、命を奪っても構わない。そうすれば王宮に戻すと約束でもされたのか？」

ティヘタは答えなかったが、その沈黙で確信した。

（そんなことで）

頭から押し潰されるようなすさまじい疲労に、一気に襲われた。膝をつき、頭を抱え、いっそ倒れてしまいたい。

（あの女……）

ロフル公爵夫人はあの日、二段宮の回廊にいた。レオルディドはいまでもそれを偶然だなど思っていない。

だが思いがけずそこで王女に言い負かされた。

それだけで——そんなことだけで意趣返しのためにティヘタを操ったのだ。

副官は言っていたではないか、自分も王宮であちこちの貴族とつなぎを作っている、と。

その中に公爵夫人がいてもおかしくはないはずだ。

むしろ夫人から近づいたのかもしれない。ティヘタは警戒しなかっただろう。なんといってもレオルディドの母なのだから。

(俺を産んだだけの女でも)

あの日、回廊で待ち伏せしていたウイユは、王女を妻にするというレオルディドに、彼女の歪んだ自尊心の爪を振りかざしたかったのだろう。

団長職に就いてから、彼女はそうしてレオルディドを傷つけてきた。

とうの昔に母と慕うことはやめていたが、それがむしろウイユには気に障ることだったらしい。

どこまでも歪んだ女だった。

「信用して、こんなバカなことを企《くわだ》てたのか」

「おまえにわかるものか、黒い悪魔め」

窺うようにレオルディドを見上げていたティヘタは、そう悪態をついた。しかしレオルディドからの反応がないとわかると、ぎこちなく身体を起こしながら呟いた。

「……結局、上に立つ奴は最初から決まっているんだ……」

「レオルディド！」

シリルの叫びとともに、薄闇に包まれた広間に金色の光が弾けた。

その光を浴び、身を屈めて短剣を突き出すティヘタがくっきりと影をつけて浮かんだ。

まるで少しずつ異なる絵を見ているようだった——ティヘタの腕が上がる。短剣の先が光る。

(避けられない)

身体が重い。刺される……しかし、そうはならなかった。金色の光は稲妻のように閃いて宙を裂き、目の前まで来ていたティヘタを吹っ飛ばした。

床を転がる男を目で追ったレオルディドは、友人が放つ女神の力にあらためて戦慄した。

かつて戦場で幾度も目にしたときは、ロフルの名を持ちながら王族ではない自分の、何者を父にするかもわからない出自への引け目を感じ、嫌な気分を抱くこともあった。

だがいまは違う。

レオルディドは振り返ってシリルを睨んだ。

「おい、俺に当たるところだったぞ」

「ラーツのときのように、おまえの背後は守ってやると約束したはずだ」

友人は椅子に座ったままひらりと手を振った。

「背後ではなく正面だったが。それに、わたしは外さない。知っているはずだ」

「ああ、知っている。助かったよ」

レオルディドは苦笑して話を止め、ティヘタに近づいて膝をついた。

副官だった男は白目をむいて気を失っていた。髪が逆立ち、あちこちの肌が赤く腫れている。

後で痛むだろうな、と思ったとき、心から怒りが薄れていった。

(こいつの言う通り、俺は単純な頭なんだろう)

命を狙ったことや、なによりエメリーヌに対して口汚い言い方をしたのは許せない。それ
でも、だが——と思ってしまうのだ。だが——そう、だが友人だった。こいつもつらかった
のだ。心が弱かったのだ……と。

黒騎士団を率いる立場として、許してはならないことはわかっている。処罰は必要だが、
できればしたくないと呟いて項垂《うなだ》れる少年も自分の中にいた。

「そいつはわたしが引き取ってもいいぞ」

黙っていると、シリルがのんきな口調で提案してきた。

レオルディドが振り返ると、公爵は椅子から立ち上がって背伸びをした。

「ここに置いてもおけないだろう？　わたしのところで引き取ろう」

「いや、だが……」

「レオルディド、まじめなのはおまえの長所でもあるが、堅いばかりでは相手も自分も傷つける。頼れるものは頼れ。使えるものは使え。ロフル公爵夫人のことも、おまえが望むなら手を貸すぞ？　ロフル公爵には恨まれるだろうが、言ってみればあの人も共犯だろう。ともに潰してもいい」

「シリル……」

レオルディドは友人の苛烈な言葉に、殴られたように顔をしかめて黙り込んだ。

友人の言葉は、これまで目を逸らしてきた心の深部をえぐり、暴くものだった。

(俺は母を憎んでいた。傷つけばいいと思っていた)

けれど、いまは。

「……いや、俺はもうあの人たちには関わらない。忘れる。いずれ女神が罰を下すだろう。人を愚弄《ぐろう》し、踏みつける浅ましさにふさわしい罰を」

「そうか。色々と情報や証拠があったのだが……まあ、おまえが言うならそうしよう」

「ありがとう、シリル」

レオルディドは立ち上がり、頭を下げた。

「俺のために心を砕き、動いてくれて。感謝する」

「やめろ、自分のためだ」

シリルは笑った。

「わたしもおまえに戦場で助けられたこともあるしな。それに、絶対に王女と結婚させて姻戚にもしようと思ったほど、おまえを友人として買っているんだよ」

「王女と結婚させよう？……絶対に？」

「そうだ」

シリルは胸を張った。

「王がロフル公爵に伝えたのは、おまえに結婚する意思があるかどうか、その確認だけだった。結婚させろとは命じていない。しかしロルフ公爵はおまえと話をするほど親しんではいないから、わたしに頼んできた。それでわたしが話をすり替え、おまえに伝えた」

「シリル・ソーヴ……」

呆れて絶句すると、若き公爵は洒脱な仕草で肩を竦めた。

「だが喜ばしい結果になった。——そうでしょう、エメリーヌ殿下？」

レオルディドはハッとしてシリルの視線を追った。

広間の暖炉の脇、奥に通じる小さな扉が開いている。その奥、暗がりに黄みを帯びた光が差し、それを背に、オレリアに支えられたエメリーヌが立っていた。

すっかり肉が落ちて、ひと回り小さくなっている。その身体に巻きつくように垂れる金色の髪さえ重たげに見えた。

「殿下……」

レオルディドは声を絞り出した。嬉しいのと心配とが混じり合った感情が突き上げ、塊となって喉をふさいでいる。

「レオルディド」

そんな夫をさらに驚かせようとするように、王女は前に出てきた。背後のオレリアが手を離しても、覚束《おぼつか》ない足どりで一歩一歩、進んでくる。そして両手を伸ばして笑った。

「おはよう、あなた。無事でよかったわ」

「エメリーヌ……！」

レオルディドは駆けだし、すぐさま妻の手を取って支えた。

王女は笑ったまま、倒れ込むようにしてレオルディドにもたれる。

「愛しているわ、レオルディド」

「俺も」

壊れもののように慎重に腕の中に閉じ込め、レオルディドは潤んだ目を閉じた。

エメリーヌはひどく細くなっていた。だが温かい。そして笑っている。

「……俺も愛しています、エメリーヌ」

終章　喜びの中で

複雑に組み合う黒い梁の向こう、高い位置にある窓から日射しが降り注いでいる。

分神殿の奥、内部を吹き抜けにした尖塔だった。エメリーヌは目を細め、きらめく窓のひとつひとつを見つめた。

一番高い位置にある窓の前、白い光の中に溶けるような小さな影がある。

スタリー鳥だ。

(わたくし、ここよ。ねえ、遊びに来たわ)

心の中で呼びかける。何度も──ねえ、わたくしよ、エメリーヌよ……。

だが返事はなかった。影も動かない。鳴き声もしない。

「……」

エメリーヌは目を閉じた。

矢で撃たれたスタリー鳥は、エメリーヌが意識を取り戻した同日の夜、目覚めた。

もともと大きく元気な個体を連れてきていたので、それが功を奏したのか治りもはやく、れたのだ。

(わたくしに応えてくれることはなくなってしまった)

薄闇の向こうの世界へ去っていった妹とともに、エメリーヌの中の女神の力も完全に失われたのだ。

スタリー鳥と意識を重ね、飛んでいた日々が夢のように思える。

これでいいのだと、スタリー鳥との交感は望ましい力ではないのだからと、そんなふうに考えるほかなかった。この力によってエメリーヌかスタリー鳥、どちらかの命が失われたかもしれないだから。

『どちらも生きているという、この結果はむしろ奇跡です』

シダン神官から報告されたのだろう、やがてエメリーヌに届けられた本神殿長の手紙にはそう書かれていた。彼の予知では、スタリー鳥の姿が消えていたそうだ。女神の力が働いたのでしょうと、手紙はそう締めくくられていた。

(わたくしにはもう、女神の力はない)

だが女神の力は、それがあってもなくても女神の意思なのだ。

エメリーヌは目を開けた。眩しさに眇め、スタリー鳥の淡い影を見上げる。

「さようなら、また来るわね」

交感ができなくなったのは寂しいが、それでもスタリー鳥が生きてここにいてくれることは嬉しい。

それに、もしかすると女神が気まぐれを起こしてエメリーヌにまた力を授け、ともに飛ぶことができるようになるかもしれないのだから。

それをレオルディドに告げると、夫はなぜか「パンが……」と呟いていた。パンがどうしたのだと問い返すと、食べすぎはよくないともごもごと答えていた。

そのときの顔を思い出すと笑いがこぼれてしまう。

肩を揺らしていると、殿下、と呼びかける声とともに、背後から力強い足音が聞こえた。

「迎えに参りました」

身体はほとんど元通りだというのに、レオルディドはまだ心配そうに見つめてくる。

そっと近づいてエメリーヌに触れる手は、まるで確認しているように慎重なものだった。

しかし、ふわりと結い上げた金色の髪を梳いて、ゆっくりと頬を撫でていく感触は心地よい。

(わたくし、猫だったら喉を鳴らすところです)

ふふ、と笑うと、レオルディドも笑って腕を広げ、優しく抱き寄せた。

エメリーヌは襟に毛皮の縁飾りのついた婦人用の青い外套をまとっていたが、その下を確認するように、大きな手が肩や背中、腰を撫でていく。

「……エメリーヌ」

そして唇を重ねてくる。優しく触れるだけの口づけだ。

物足りなさにため息をつくと、レオルディドは身体を離した。

「戻りましょう、殿下。先日のように、侍女殿と神官の議論が白熱すると面倒です」

エメリーヌは苦笑して、レオルディドの導きで尖塔を出た。

シダン神官はバートル分神殿長とはうまくやっているようだが、どうにもオレリアとは相性が悪かった。いまもなにか言い合っていたようだが、戻ることを告げるとオレリアはなぜか残念な顔をした。見れば、シダン神官もなにか複雑な顔をしている。

バートル分神殿長はふたりを交互に見て、ニヤニヤしていた。

エメリーヌもニヤニヤしそうだった。

(後で詳しく訊かないと)

心の備忘録に書き込んで外に出ると、レオルディドが包むように腕を回してエメリーヌを引き寄せた。

「抱えていきますか？」

「それは嬉しいですけど、平気です」

まだ寒い日々が続いていたが、風のない日は過ごしやすくなっている。とくにこの数日は暖かかった。体力を戻すために城砦内を歩き回っていると、汗ばむときもあるほどだ。

城砦内の散歩にレオルディドがついてくることもあったが、以前のような、どこか切羽詰まった懸念をぶつけることもなくなり、オレリアに任せることが多くなっていた。

それどころか、もっと身体がしっかりすれば市街地に連れていくと約束をしてくれた。そうしたこともあって、エメリーヌはたくさん食べてたくさん歩いている。

(夜もたっぷり眠って……)

というか、眠るしかないのだ。エメリーヌの身体を案じる夫は、夫婦としてベッドに入ることはなく、壊れやすいものを扱うようにひたすら優しく接するばかりだった。

平気ですと何度言っても、いまは無理をさせたくないと首を横に振られる。

子供のように寝かしつけるだけの夫に対し、エメリーヌは体内に燻るモヤモヤが爆発しそうだった。

それでも、そんな堅物なところも愛しい。レオルディドのためにはやく元気になろうと思う活力になる。夫の硬い手が触れることを思うだけで、頬が熱くなってくる。

「はやく、もっと元気になりたいのです」

エメリーヌはしっかりとした足取りで進んだ。

部屋に戻り食事を済ませると、強制的に午睡をさせられる。

今日は時間があるのだろう、レオルディドはベッドの脇の椅子に腰かけ、横になったエメリーヌのそばから離れなかった。

「そんなに見られていては眠れませんわ」

上掛けから手を出して笑うと、レオルディドはその手に自分の手を重ね、ざらついた手のひらでそっと擦った。

「では寝物語でも」

「まあ、子供のようね」

くすくすと笑うと、レオルディドも目を細める。

「ヴィエント国からの迎えの話でもしましょうか」

「ヴィエント？　お姉様の？」

「シリルから聞いた話です」

従兄弟の公爵は、十日ほど前、罪人として追放されるリーグ・ティヘタを連れて公爵領に帰っていた。リーグは冬の間、裁判のために冷たい牢《ろう》にいたのだが、追放という結果に安堵したように去っていった。

エメリーヌは副官だった男の横顔を脳裏から追い出し、続きを促した。

「シリルがなにを言っていたの？　お姉様のお話でしょう？」

「そうです。ロザンナ殿下を迎えに、竜まで来たと言っていました」

「竜？」

フェインダースの王家に女神の血が流れるように、ヴィエント国では竜の強い守護を受けていた。彼の国の王家ではひとり一頭、まるで影のように生涯、竜がつき従うのだという。

そんなヴィエント国の王太子と政略結婚したロザンナだが、何度もフェインダースに戻ってきたこともあって、不幸せなのでは……とエメリーヌが案じるときもあった。

ところが真相は逆だったようだ。レオルディドは口元をゆるめた。

「ヴィエント国の王太子は竜にまたがってやってきたようですよ」

「まあ……！」

エメリーヌは見開いた目を輝かせた。

「お姉様はそれでどうなさいましたの？」

「竜が国境を越えるのは禁じられていますと説教していたそうです、王太子に」

「……」

「もちろん同盟国ですから許可があれば可能です。国境警備の赤騎士団も同行していましたし。むしろ竜を見ることができてみんな喜んでいたようです」

レオルディドは笑った。

「ロザンナ殿下もそれはご承知だったのでしょうが」

「お姉様ったら」

（意地っ張りと申しますか、まったく）

どうやら姉は姉で心配ないらしい。

「シリルは……」

「殿下」

言いかけると、レオルディドにすばやく遮られた。

「その問題はもういいでしょう。シリルは殿下たちを姉妹のように思っている、それだけです。それより、ゆっくりとお休みください」

そう言うレオルディドの上で、窓からの淡い光が躍っていた。

エメリーヌは夫を見つめ、首を横に振った。

騎士らしく厳しい顔をしているが、彼がとても優しく、繊細なのだとわかっている。どれだけ心を痛めたのか、いまも自分を案じているのだろうと申しわけなく思ってしまう。

だが……。

「一緒に横にならないと、眠りません」

レオルディドの灰色の目が見開かれた。重ねた手に力が込められ、熱を帯びてくる。

「殿下」

「エメリーヌです」

「エメリーヌ」

「わたくし、もう元気ですわ」

「……」

「大事にしてくださるのは、とても嬉しいの。でも……あなたを感じたい。強く抱き締めてほしいと……思ってしまうのは、はしたないでしょうか……？」

口にするうち、頬が火照りだした。じっと注がれる視線から隠れるため、上掛けにもぐりたい衝動と戦いつつ、ぎゅっと目を閉じる。

「エメリーヌ」

ふ、と熱を感じ、瞼越しに影が揺れるのがわかった。反射的に目を開けるのと、レオルディドに口づけされたのは同時だった。

エメリーヌが驚きとともに、は、と息をつくと、片手をついて身を乗り出していた男は、今度は強く唇を重ねてきた。

舌が唇をこすっていく生々しい感覚に、エメリーヌの背にゾクゾクするものが走る。手を伸ばし、レオルディドの首に絡めて引き寄せた。唇を開き、自分から舌を触れ合わせて口づけを深める。

「……んっ」

くちゅ、と響く音。熱い吐息……自制が切れたのか、レオルディドは唸りながら上体を起こし、エメリーヌを覆う上掛けを剥いだ。

「優しくします」

「いいの」

エメリーヌは身をよじり、柔らかな寝間着を自ら脱いだ。

「優しくしなくてもいいから……たくさん愛してください」

レオルディドはまた唸った。

そして王女の願いを叶えてくれた。


――一年後。

「アルシア」

腕の中の娘を愛しげに見つめ、エメリーヌは微笑む。

「可愛い。とても可愛いわね、アルシア？　ねえ？」

「ほんとうに」

隣に座っていたレオルディドが、壊れものに触れるようにそっと娘の頬をつつく。すると
アルシアは明るい青い目を開いて、フニャフニャと泣きはじめた。

「まあ、お父様が泣かせたのね？」

「責任を取ります」

レオルディドは苦笑しながら、エメリーヌの腕から娘を抱き上げた。そのまま立ち上がり、
小さな赤ん坊をそっと揺すってあやす。

すぐにキャッキャッと笑う声に変わった。

エメリーヌが見上げると、夫は視線を合わせて微笑んだ。

「笑っています」

「ありがとう、あなた」

「俺こそ、感謝します」

灰色の目を細めて娘を見て、レオルディドはしみじみと言った。

「子供がこれほど可愛いとは思いませんでした。この子の幸せのために、なんでもします。アルシアは……俺の宝です」

「ええ」

エメリーヌは涙を浮かべ、頷いた。

家族というものに恵まれなかった男にとって、血と肉をわけた娘の存在はどれほど大切だろう。どれほど嬉しいのだろう……。

レオルディドはアルシアを両手で差し出すようにしてエメリーヌの腕に戻した。そして屈んだまま、妻の金髪に唇を押し当てた。

「あなたは俺の命です。愛している、エメリーヌ。俺の王女殿下」

「レオルディド……」

わたくしも愛していると答えるよりはやく、レオルディドは顔を傾けて口づけしてきた。

エメリーヌはうっとりとして目を閉じた。
父母の様子を見てわかるのか、アルシアが赤ん坊らしい可愛い声を上げた。
それはまるでスタリー鳥の鳴き声を思わせる、軽やかな笑い声だった。

あとがき

「王女の降嫁～秘密の鳥と騎士団長～」をお手にとっていただき、誠にありがとうございました。

白い鳥を見上げて驚いている騎士――という映像がパッと頭に浮かんで、そこからふくらませていった作品です。モデルにした国や時代もありましたが、とらわれすぎずファンタジーを混ぜて創作しました。

しかしですね、昨年の秋から書きはじめ……年を越しても終わらず。ヒロインのエメリーヌはちょっと変わった王女、お相手のレオルディドは彼女に振り回される堅物で……などなど、あれこれと肉づけしていく中でなにを間違ったか迷走しました。

冗長なシーンもバシバシ削り、言い回しを変えたり入れ替えたり……なんだかものすごく長い間、取り組んでいた気がします。

それでもなにかこう、直しても直しても終わらなくてですね、このまま終わらないのでは……と、部屋の隅でよくカタカタふるえていました。

終わってよかったです。

「斜め方向に行ってはならぬぞ……」とお導きいただきました編集者様、ほんとうにありがとうございました。最後まですみませんでした……！

目にした瞬間、思わずガッツポーズしてしまったエメリーヌの可愛らしさ、そして「おまえこんなにカッコよくしてもらって！」と叫んでいたレオルディド。ふたりを描いてくださいました氷堂れん先生、ありがとうございました。

いつも楽しく話をさせてもらっているS先生にも感謝を。大好きです！

家族、友人、ツイッターなどで親しくしてくださる皆様に、そしてなにより、お手にとり読んでくださった方々に大きな感謝を！

少しでも楽しんでもらえましたら幸いです！

ありがとうございました。

さえき巴菜

さえき巴菜先生、氷堂れん先生へのお便り、
本作品に関するご意見、ご感想などは
〒101-8405
東京都千代田区神田三崎町2-18-11
二見書房　ハニー文庫
「王女の降嫁～秘密の鳥と騎士団長～」係まで。

本作品は書き下ろしです

Honey Novel

王女《おうじょ》の降嫁《こうか》
～秘密《ひみつ》の鳥《とり》と騎士団長《きしだんちょう》～

【著者】さえき巴菜《はな》

【発行所】株式会社二見書房
東京都千代田区神田三崎町2-18-11
電話　03(3515)2311[営業]
　　　03(3515)2314[編集]
振替　00170-4-2639
【印刷】株式会社 堀内印刷所
【製本】株式会社 村上製本所

落丁・乱丁本はお取り替えいたします。
定価は、カバーに表示してあります。

ISBN978-4-576-20083-5

https://honey.futami.co.jp/

甘くとろける蜜の恋☆濃蜜乙女レーベル

Honey Novel

秋野真珠の本

蜜色政略結婚
〜不器用領主の妻迎え〜

イラスト=潤宮るか

敵対クランの領主・ウォルフと和平のため政略結婚することになったシルフィーネ。
仮面夫婦と高を括っていたが……!?

甘くとろける蜜の恋☆濃蜜乙女レーベル

Honey Novel

真下咲良

炎かりよ

気になる貴公子は神出鬼没!?

Kininaru kikoushi wa shinshutukibotu!?

真下咲良の本

気になる貴公子は神出鬼没!?

イラスト＝炎 かりよ

大国の四姫エルゼは裁縫が趣味の引きこもり。庶子ゆえ結婚は無理と諦めていた矢先、
野性味溢れる謎の貴公子に突然求婚されて…!?